나의 생활 건강

나의

생활

건강

김복희
유계영
김유림
이소호
손유미
강혜빈
박세미
성다영
주민현
윤유나

자음과모음

굴러가는 동안
할 수 있는 일 —————————— ○

○ 김복희

김복희

한번 좋아하면 여간해선 그만두지 않는 편.

2015년 한국일보 신춘문예를 통해 시를 발표하기 시작했다.
시집 『내가 사랑하는 나의 새 인간』 『희망은 사랑을 한다』 등을 냈다.

하루에 성인 기준, 최대 2리터 정도 물을 마시면 건강에 좋다고 한다. 목이 마르다는 생각이 찾아오기 전에 물을 마셔 주어야 한다고 들었다. 그래서 나는 의식적으로 물을 마신다. 그래도 2리터를 채 못 마시고 하루를 보낸다. 물이라는 것이, 참 없으면 죽겠는데 부러 마시려고 들면 그렇게 마시기 싫다. 술 마실 생각을 하면 물이 잘 들어가는데, 물만 마셔야 한다 생각해서는 선뜻 마시기 싫어진다. 그래서 물 마시는 것의 절반 정도 술을 마시는 습관을 들였다. 선후 관계가 뒤집혔나 싶지만, 물을 술처럼 마시는 것도 술을 물처럼 마시는 것도 아니고, 아무려나 둘 다 적정량을 마실 수 있는데 순서야 무슨 상관인가 싶다.

나는 물과 더불어 술을 마시지만, 내가 술을 과하게 마시는 편은 아니라고 생각한다. 술을 마시는 만큼 물도 밥도 먹을 수 있고 내일 할 일을 잊을 수 있고 내일 할 일을 잊지 않을 수도 있다. 술을 마시는 것만큼 잘 수도 있고 새벽에 깨어나 해야 하는 일을 할 수도 있다. 술을 마신다 하더라도 술을 마시지 않았을 때와 마찬가지로, 길에서 자거나 찻길에 뛰어들거나 하지 않는다. 아무에게나 전화를 걸지도 않고 SNS에 글이나 사진을 올리지도 않는다. (언젠간 어디선가는 주취 중의 내가 무슨 일을 벌일지도 모른다는 불안감이 가끔 닥쳐오기도 하지만 아직까지 내가 기억하는 한, 나는 주취로 인해 날뛴 적이 없으므로 안심하고 있다. 혹시라도 내가 주취 중 날뛴 것—처진 것 말고요—을 기억하시는 분이 있다면, 한 번 더 같이 마시자고 권유하고 싶다. 어쩌면 내 '날뜀'에 대한 규정이 당신과 다를 수도 있다. 데이터 수집에 힘을 보태주시기를 부탁드린다.)

어제보다 오늘 조금 더, 지난주보다 이번 주에 조금 덜 마시기도 한다. 그 양과 빈도에 대해서는 기분 따라 날씨 따라 때에 따라 컨디션 따라 조정하고 있다. 쉬엄쉬엄 마시거나, 쉬지 않고 마시거나, 얼마간은 딱 끊고 마시지 않을 때도 있다. 부작용에 주의하여 그 양을 늘렸다 줄였다 해가며, 평생을 복용할 수도 있겠지만 어느 순간 더 이상 필요로 하지 않을 수도 있는 약이라고 생각하고 있다. 술을 영영 마시지 않는 날이 올까? 말 그대로 사람 일은 모르니까 올 수도 있겠지. 성년이 된 이후부터 마시기 시작해서 지금까지 임상 실험에 따르면, 겨울에는 거의 매일 필요하고, 봄과 가을에는 그 빈도가 좀 덜하다. 여름에는 딱히 그 효과적인 면에서는 확인이 어렵지만 기분상 먹는 비타민처럼 복용한다. 누차 강조하지만 술 마시는 틈틈이 물도 꼭 마시고 있다.

매사 이런 식으로, 그러니까 물과 술을 함께 마시듯이 살아가고 있다. 결론부터 말하자면, 나는 좋아하지 않는 일을 해야 한다면, 먼저든 나중이든 좋아하는 일을 엮어서 하려고 애쓰는 편이다.

좋아하는 일은 특별히 애쓰지 않아도 그냥 할 수 있었고―잘하는 것과는 별개로―좋아하지 않는 일도 울거나 화낼 수 있는 상황이라면―그 일의 완성도와는 별개로―어떻게든 할 수 있었다. 하지만 좋아하지 않는 일의 강도와 밀도가 다양해지기 시작했고―어쩜 그렇게 매번 새롭게 괴로운지―울거나 화를 내도, 해결할 수 없다는 기분에 빠져드는 때가 점점 늘어나는 게 문제였다. 의식하지 않고도 늘 습관처럼 유기력한 상태를 유지할 수 있다면 좋겠지만, 내게는 의식하지 않으면 나도 모르게 무기력한 상태에 제 발로 들어가는 습성이 있다. 무기력한 상태에서 나의 사고는 무기력함을 강화하는 방향으로 흐른다. 내게 주어진 상황은 내가 겪어야 하고, 내가 겪지 않으면 끝나지 않는다 치자, 그런데 이 상황이 끝나지 않으면 어떡하지……. 그러다가, 끝나지 않을 것만을 걱정하며 상황에서 벗어나려고 하지 않는 혹은 벗어날 수 없는 나자신에 대해 실망에 실망을 거듭하는 것이다. 그 상태가 지속되면 과부하에 이른 기계가 터져버리는 것처럼 사고가 멈추곤 했다. 내가 느껴야 마땅한 모든 자극에 대해 감각하기를 그치는 것이다. 그 지경에 이르면 눈물이 다 뭐냐, 분노도 휘발되고, 인간으로서 기껏 공들여 학습했던 데이터까지 대부분 날아간다. 일상도 날리고 나 자신도 날려버린다. 그러면 바빠서 기억이 사라지는 게 아니라, 기억상실증에 걸린 것처럼 특정한 시기가 통째로 사라진다. 함께했던 사람들, 나를 살려주던 고마운 친절과 다정도 잊어버린다.

최대한 그런 상실이 오지 않도록, 나는 자주 좋아하는 일을 한다. 유비무환이라고, 평소 좋아하는 일에 자주 나를 노출시켜 무기력에 대비하는 것이다. 대비를 게을리하면 좋아하는 일 중 가장 쉽게 할 수 있는 일인 술 마시는 일조차도 할 수 없는 상태에 빠지고 만다. 기억을 뭉텅이로 잃는다는 것은 정말 불쾌하고 불편한 일이다. 데이터가 아주 없는 것은 아니지만, 소실된 부분이 너무 많아 대부분의 일을 늘 새롭게 해야 하며, 대부분의 인간을 늘 새로운 피부로 맞이해야 한다. 피할 수 없다면 맞이해야 하겠지만, 되도록 피하고 싶다. 때문에 나에게 좋아하는 일을 자주 하도록 독려한다. 이것은 살아가려고 하는 일이기도 하지만 좋아하는 일을 놓치지 않고 꾸준히 좋아하기 위해서이기도 하다.

해서 나는 좋아하는 일을 여러 개 정해두고 그것들을 꾸준히 하면서, 좋아하지 않는 일을 해나가고 있다. 그 좋아하는 일 중에 가장 많이 하는 것은, 언제든 어디서든 혼자 할 수 있는 일인 마시기, 읽기, 쓰기다. 좋아하지 않는 일의 성격이 무엇이건 간에 범용 가능하게 할 수 있어서 다행인 일들이다. 좋아하지 않는 일을 할 때, 그 좋아하지 않는 일의 강도와 밀도에 비례해서, 나는 읽고 쓰고 마신다. (미술관에 가거나 영화를 보거나 산책하는 것도 좋아하지만, 시공간의 제약이 있는 경우가 잦아 읽고 쓰고 마시는 것보다는 빈도수가 적다. 친구를 만나는 것도 좋아하지만, 친구가 나를 못 만나줄 수도 있어서 이 역시 읽기, 쓰기, 마시기보다는 제약이 많다.) 이 세 가지 일은 혼자 할 수 있는 점 외에도 몇 가지 공통적인 효용성이 있다.

첫째, 시간을 사치스럽게 써도 죄책감이 없다. 읽기, 쓰기, 마시기만큼 시간을 정신 놓고 흥청망청 보내기 좋은 일은 없을 것이다. 둘째, 여기가 아닌 다른 곳으로 물리적인 이동 없이 갈 수 있다. 활자를 읽고 쓰는 순간, 그걸 읽고 쓰는 나는 쉽게 이동할 수 있다. 마시는 것은 뭐 마셔보면 알 것이다. 중력이 사라지는 것도 경험할 수 있다. 셋째, 적당한 선에서 나를 멈추게 한다. 아무리 몸에 좋은 약도 과하면 독이 된다고 하는데, 얼마나 해야 저것들이 독이 되는지 아직은 잘 모르겠다. 아직 죽음에 이를 정도로는 하지 않은 것 같다.

다른 많은 좋아하는 일 중에서도 읽기, 쓰기, 마시기를 가장 좋아하는 까닭은, 저 일들이 혼자 할 수 있는 일이면서도, '우리'가 되어 할 수 있는 일이어서다. 나는 나대로, 상대방은 상대방인 채로 독자성을 유지한 채 저 일들을 다 할 수 있어서다. 예를 들어 둘이면 둘, 셋이면 셋이 우리는 함께 텍스트를 소리 내어 읽어볼 수 있고, 그 읽은 것에 대해 대화를 나눌 수 있다. 대화를 나누는 것은 읽은 것을 새로 쓰는 일이다. (그 과정에서 마실 수까지 있으면 더할 나위 없이 좋다.)

쓰기보다 읽기를 더 오래 해온 탓인지 나는 내가 말하는 것보다 상대방의 말 듣는 것을 훨씬 좋아한다. 읽듯이 듣는다는 말이 더 정확할 것이다. 읽듯이 들으면 어떤 이야기든 흥미로운 구석이 있다. 내가 이미 아는 이야기라도 이야기하는 상대방에 따라 달리 읽히는 것도 흥미롭다. 물론 상대방의 이야기가 늘 흥미진진한 것은 아니라 가끔 지루할 때도 있다. 그럴 때는 왜 이 이야기가 지루한가에 대해서 궁리하곤 한다. 나의 문제인지, 상대방의 문제인지, 아니면 그 이야기 자체가 문제인지 등등. 그러면 읽기에서 자연스럽게 쓰기로 진입하게 된다.

물화된 텍스트 없이 상대방이 내게 말함으로써―쓰고 있는 텍스트를―내가 듣고 반응하며 대화할 때―곧장 받아 읽고―그 휘발되는 텍스트 중 일부를 머릿속에 써놓는다. 대화 중에도 가끔, 읽은 것을 복기하며 이중으로 쓴다. 실제로는 양손 쓰기를 하지 못하지만, 그러고 있노라면 양손으로 쓰는 느낌이다. 오른손과 왼손이 따로 빠르게 흘려 쓰느라 다시 보기 어려운 페이지도 많지만, 어쨌든 쓰면서 읽을 때 혹은 읽으면서 쓸 때, '우리' 안에서 나와 나 아닌 것을 계속 찾아낼 수 있어 재미있다. 물성을 갖추지 못한 책이라 나만 꺼내 보겠지만 문득문득 읽은 페이지를 여러 가지 뉘앙스로 다시 읽는 즐거움도 크다. 도대체 이 흘려 쓴 글씨는, 뭐야? 내 손이

쓴 거 맞아? 이런 경악도 가끔 해가면서.

하지만 이렇듯 '나는 읽기, 쓰기, 마시기를 좋아합니다'라고 의식하기 전의 나는 내가 저 일들에 의지해서 유기력한 심신을 유지하며 살아가는 줄 몰랐다. 좋아하는 일을 좋아하는 줄 모르고 할 때와, 확실히 좋아한다고 인지한 이후에 할 때 중 무엇이 더 나은가 하면, 사람마다 다를 수 있어 확언하기 어렵지만 최소한 내게는, 좋아하는 일을 알고 있다는 것만으로도 무기력 대응에 큰 도움이 되었다. 좋아하는 일에 대해 의식하지 않았을 때는 무기력한 상태에 빠지지 않기 위해 여러 가지 효율적인 방도를 찾느라 무기력한 상태를 더 길게 끌었다. 무엇을 좋아하는가보다 무엇을 싫어하는가를 더 많이 생각했고 무엇을 하고 싶은가보다 무엇을 하지 말아야 하는가에 더 신경을 쏟았다. 소소하게는 어두운 데서 책 보지 않기, 엎드려서 노트 쓰지 않기, 누워서 먹지 않기, 자기 직전에 핸드폰 만지지 않기 등등─더 개인적인 것은 좀 민망하니까 자질구레한 것만 조금 적어보았다─의 규칙들을 포함하여 나쁘다고 알려진 이런저런 것들을 하지 않으려고 자주 다짐했다. 무기력한 이유가 그런 규칙들을 지키지 않아서일 거라고 생각했다. 물론 그 규칙들을 지키고 지키지 않고가 무기력의 원인은 아니었으므로, 무기력한 상태에 처박혀 기억을 많이 포맷했다. 그리고 나는 지금의 내가 됐다.

지금의 나는—기억은 좀 군데군데 없지만—좋아하는 일을 자주 하고자 노력하는 잔잔하게 망가진 인간이다. 좋다는 걸 다 지키고 안 좋다는 걸 다 안 한다고, 안 망가지는 인간이 있을까? 자잘하게 망가진 몸과 정신이란, 인간으로서나 생명으로서나—기계로서나—평범한 상태일 것이다. 누구에게서 나든 어떻게 나든, 난 것은 제 나름의 속도로 망가지게 되어 있다. 나의 경우—아주 멈춰버렸을 때는 기억이 없기에—늘 잔잔하게 고장 난 상태로 나를 기억한다. 가끔 잘 굴러갔고 대개는 버벅거렸다. 그래도 기억이 나니 유기력했다는 뜻이고, 건강했다는 뜻이라고 읽는다.

그러니까 내게 건강이란, 기억해보면 이게 안 멈추고 굴러갔다고? 하고 놀라워 감동이라도 할 만큼 얼레벌레 굴러가는 것, 이대로 끝나지 않을 것 같다는 생각도 가끔 잊게 하는 것, 도대체 그 원리를 파악하기 어려운 것과 같다. 한마디로 하면 기억으로만 추적 가능한 아주 개별적인 '알고리즘'이다. 치밀하게 세운 논리도 아니고 '나'라는 표본만을 가지고 이리저리 헤집어보며 생각한 것이라 좀 머쓱하다. 이왕 머쓱해진 거, 조금 더 논리를 비약시켜 인간을 각자 자신의 알고리즘(건강)을 수행하며 작동하는 기계라고 비유하고 싶다. 인간은 제가 나고 자란 환경에 적응하거나 환경을 거부하면서 자신의 욕구를 내면화하거나 표출하는 방식으로 알고리즘을 만든다. 그리고 제가 만들어낸 알고리즘에 따라 이런저런 선택을 하며 또다시 자기 자신을 알고리즘의 변화 요인으로 참여시킨다. 스스로 만들어내지만, 스스로의 힘만으로는 만들어내지 않은 알고리즘이 한 인간이 누리는 건강이다. 구태여 건강을 알고리즘이라고 표현한 이유는 개별 인간이 스스로를 제작해나가는 기계처럼 여겨져서다. (딱히 근거는 없다. 내가 개인적으로 친밀함을 느끼는 직관적인 대상이 기계라서 이렇게 여기는지도 모른다.)

나는 기계에게 편안함을 느끼는 동시에 어색함과 불편함을 느낀다. 손발처럼 의식하지 않고 만지작거리다가도 어떻게 이게 굴러가나 싶어 낯설고 신기하다. 가끔 뜻대로 되지 않아 분통이 터질 때도 있고. 어떨 땐 아무것도 안 해준 것 같은데 기가 막히게 굴러가고, 어떨 때는 해줄 것 다 해줬는데 꿈쩍도 안 한다. 마치 나도 모를 나의 마음 같고, 마음처럼 움직이지 않는 나의 몸 같다.

결과를 보면서 작동 원리를 역산해보고자 하지만, 뭔가 결정적인 연산이 빠져서일까, 분명 이전의 다양한 사례를 수

집하고 천천히 여러 가지 인과를 추론해 따져봐도, 역시 모르겠다는 결론에 자주 도달한다. 나라는 연구자의 능력 부족과 더불어 애초에 내가 중심 원리 없이 어영부영 설계되어 작동 원인을 밝혀내기 어렵다는 것이 아직까지는 가장 신빙성 있는 가설이다.

사실 '기계적인 건강'을 생각하기 이전에 내게 건강이란, 학교에서 배운 '정상'이라는 규정에 따라 티 없거나 흠 없거나 한 이상적인 것이었다. 나는 슈퍼맨을 건강의 현시라고 생각했고 슈퍼맨처럼 '건강'해지고 싶었다. 어렸으므로 나는 늘 약한 자였는데, 아시아에 있는 나를 미국에서 사는 슈퍼맨이 지켜주지 않는다면, 차라리 슈퍼맨이 되자는 것으로 사고가 흘러갔던 것이다. 물론 인간이 슈퍼맨이 될 수 없다는 것(심지어 슈퍼맨은 인간이 아니다), 따라서 인간인 내가 절대 이상적인 건강체가 될 수 없으리라는 확정된 미래를 나는 빠르게 이해했다. 그럼에도 불구하고 오랫동안 슈퍼맨을 동경했고, 동경한 만큼 슈퍼맨이 될 수 없는 나에게 자주 실망했다. 강해지고 싶은데 왜 나는 강해지지 못하나 한탄하고 낙심하는 지난한 날들을 보냈다. 하지만 무기력에 대한 대응책으로 좋아하는 일—읽기, 쓰기, 마시기—을 하며 지내다 보니, 세계를 다시 쓰고 싶다는 소망을 쓸 수 있게 됐다. 강한 자가 건강한 자이고 건강한 자는 약한 자(건강하지 않은 자)를 보호하기로 약속된 그 세계를 거부할 수 있게 됐다. 그 과정에서 나는 '건강'에 대한 생각을 바꿨다. 백인 남성 슈퍼히어로가 건강의 기준이었던 세계가, 내 피와 살을 길러낸 패러다임이었다는 것을 부인하지 않으면서 지금의 눈으로 그 세계를 다시 읽어보고 싶었다. 재독을 통해 앞으로의 세계를 새로 써나갈 수 있을 것 같다는 생각이 들었던 것이다. 나는 내가 읽은 것을 바탕으로 더듬더듬 썼다. 잔잔하게 망가져 있는 인간들이 사는 세계, 모두가 서로를 보호할 수 있는 알고리즘으로 이루어진 세계가 좋다고 썼다. 슈퍼히어로에게 의지하는 세계보다 내가 더듬거리며 써낸 세계가, 마음에 든다는 생각을 썼다. 아직은 여기까지밖에 못 썼다. 지금 쓴 게 전부다.

　건강에 대한 세계에 대한 내 논리가 이토록 우왕좌왕하며 선명하지 못함이 부끄럽다. 그렇지만 이 글을 읽은 누군가와 마시고 그걸 바탕으로 내 논리를 다시 쓸 수 있다면 좋겠다는 마음이 부끄러움을 이겼다. 어떤 쓰기, 어떤 읽기, 어떤 마시기는 기어코 혼자 해야겠지만, 혼자 할 수 없는 쓰기, 읽기, 마시기도 분명 있다는 것을 안다. 사실 기억을 통째로 날리는 날이 또 언제 닥칠지 몰라 불안하다. 나를 먹이고 재운 사랑을 깡그리 잊어버릴 내게 미리 화가 난다. 하지만 좋아하는 일을 많이 해두는 것으로 나를 준비시켜두려고 한다. 무기력을 또 겪더라도 다시 유기력으로 돌아가려고 노력하는 내 미래를 바란다. 그걸 믿고 싶어서, 나는 나라는 기계에 유기력 코드―쓰고, 읽고, 마시기―를 내 의지와 노력으로 입력해두었다. 혼자 할 수 있는 일도 함께 할 수 있는 일도 해보고 싶다. 굴러가는 동안 할 수 있는 일을 다 해두고 싶다.

몸 맘 마음 _____ ○

○
유
계
영

유계영

<한식대첩> 같은 요리 경연 프로그램을 보다가 운다. 미식가인데 요리를 못해 난처하다.

2010년 『현대문학』을 통해 시를 발표하기 시작했다. 시집 『온갖 것들의 낮』 『이제는 순수를 말할 수 있을 것 같다』 『이런 얘기는 좀 어지러운가』 등을 냈다.

거울 앞에 서면 알게 된다.

나를 사람 구실하게 만들어준 멀쩡한 육체는, 타인의 정성과 수고가 만든 것이다!

*

밤잠 없는 어린이였던 나는 새벽 시간을 좋아했다. 밤잠 없는 어린이는 밤잠 없는 청소년이 되고, 계속해서 밤잠 없는 어른이 된다. 그렇게 새벽 시간의 주인 행세나 하며 살게 되는 법이다. 나는 깨어 있는 게 좋았다. 대낮의 리얼리스트들이 모두 잠에 취해 있을 때, 헤드랜턴 하나에 의지해 터널 속을 서성이는 게 좋았다. 사물들 감정들 생각들이 더 선명해지는 것이, 낮에 본 장면들이 어둠 속에서 마저 도굴되는 것이 좋았다. 알차고 뜻깊은 시간을 보낸 것은 아니었다. 책을 읽어도 일기를 써도 허공의 점자만 더듬어도 새벽의 일이라면 몇 배는 더 재미있었을 뿐. 터널 끝에 이르러 사위가 천천히 밝을 때까지 나는 잠을 자지 않았다.

사정이 이렇다는 것은 아침마다 괴로웠다는 뜻. 정규교육을 받는 동안이 특히 고역이었다. 어쩌면 이 땅의 어린이들은 등교 시간이 9시라는 사실을 매일 직면한 덕분에 삶의 비극성을 눈치챌 수 있는 게 아닐까. 세상의 속도와 나의 속도가 이토록 맞지 않는다는 것 말이다. 우리 애가 좀 멍청하기 때문에 우등생은 기대할 수 없을 거라고. 멍청한 건 어떻게 할 수 없어도 개근상은 노려볼 수 있는 거 아니냐고. 그에게 이런 작정이 있었는지는 모르겠다. 다만 그는 필사적으로 나를 깨웠다. 이불을 빼앗고, 창문을 열고, 부르고, 흔들고, 끊임없이…… 정말 끊임없이…… 몸을 두드렸다. 하루도 순순히 일어나는 법이 없었다. 수면 시간을 보장받기 위해 열심히 투쟁했다. 짜증 내고 성질부리고 죽은 척도 해보았다. 통하지 않았다. 합리적인 이유를 동원해 설득도 해보고 그가 솔깃해할 만한 조건을 내세워 협상도 해보았다. 신통치 않았다.

매일 아침 울면서 일어났다. 엄마, 나는 왜 태어났지? 엄마, 나는 왜 이렇게 힘들게 학교에 가야 하지? 엄마, 나는 이런 시간을 얼마나 더 견뎌야 하지? 엉엉 울음을 터뜨리며 그에게 존재론적 질문을 던지는 날도 많았다. 장래희망을 적어 제출해야 할 때 프리랜서라고 적었다. 초등학생이 프리랜서가 뭔지 제대로 이해는 했을까 싶지만, 자는 시간과 일어나는 시간을 소속처가 정하지 않는다는 점에서 완벽하게 납득할 수 있는 '프리'였던 것이다.

(여기 거울 속에 멀뚱히 서 있는 이 사람이 변변찮게 보일지라도, 어린 시절 장래희망을 이룬 사람이긴 하다. 무려 프리랜서다. 자유롭게 잠자고 비교적 자유롭게 일어난다. 그러나 눈두덩이 퀭하게 꺼지고 눈 밑에 새카만 그림자가 드리운 것을 보라. '프리'는 안색을 밝혀주지 않는 모양이다. 하지만 각설하자. 프리랜서가 중요한 게 아니라 나는 그에 대해 계속 얘기하고 싶다.)

결국 초중고 모두, 근면함과는 거리가 먼 개근상 수상자가 되었다. 이것은 내가 받은 상일까? 상이라고 말할 수 있긴 할까? 들짐승처럼 커다랗게 잠든 나를 깨우던 그가 한번은 긴

한숨을 쉬었다. 한숨 소리가 어딘가 서늘해 잠이 확 달아날
정도였다. 실눈을 뜨고 그를 봤다. 그는 멍하니 창밖을 바라
보고 있었다. 실눈 너머 그가 슬퍼 보였다. 무서웠다. 내가 그
에게, 그가 나에게 너무도 중요한 사람이라는 건. 간단한 방
법으로도 그를 슬프게 만들 수 있다.

　눈을 반쯤 감고, 아마도 가수면 상태에서 축축한 머리카
락을 말릴 때. 입술을 비집고 무언가 들어왔다. 한입 크기로
조미김에 싼 밥이나 국에 만 밥 한 숟가락이다. 아침을 먹이
지 않으면 내가 등굣길에 툭 쓰러지고 말 거라고. 그는 그런
노파심에 시달리는 것 같았다. 가까스로 지각만 면할 시간에
겨우 일어났으므로 아침밥 같은 건 안중에도 없었다. 식탁에
엉덩이 붙일 시간 같은 건 꿈도 못 꾸었다. 그럼에도 그는 매
일 아침 나를 일으켜 입에 먹이를 넣어주었다. 스무 살이 될
때까지 하루도 빠짐없이 나에게 아침밥을 먹인 것이다. 이 루
틴의 놀라운 점은 매일매일 계속되는 지속성이겠지만, 그의
의지가 매번 그의 뜻대로 이루어진다는 점이 가장 그렇다. 안
먹어. 안 먹고 싶어. 호소해도 나는 그를 이길 수 없었다. 돌
이켜 생각해보건대 당연한 일이다. 나를 돌보는 일에 있어 나
자신보다 그가 더 열심이었기 때문에. 열심을 이길 방법은 아

무엇도 없다.

스스로 좋아서 음식에 매달린 건 아니었던 모양이다. 내가 성인이 되자, 그는 주방 일의 규모를 대폭 축소했다. 그때 알게 되었다. 나 참 잘 먹고 자랐구나. 넉넉한 형편은 아니었지만 먹는 것만큼은 부족함이 없었다. 그는 삼시 세끼를 꼬박 자신의 손으로 만들고, 내가 학교에서 돌아오면 손수 만든 도넛이나 고구마맛탕, 유부초밥 같은 간식거리를 차려냈다. 그는 날마다 최소 한 번은 재래시장에 갔다. 저녁에 먹었던 국을 다음 날 아침상에 다시 올리는 일이 결코 없었다. 내가 고등학생이 되면서부터는 연일 두 개씩 도시락을 싸주기까지 했다. 가족의 식탁에는 제철 식재료로 만든 반찬과 잡곡과 현미를 섞어 갓 지은 밥, 국과 찌개가 뽀얀 김을 피워 올렸다. 나는 한결같이 토실토실했다. 팔다리를 만져보면 밀도 있게 단단했고 윤기가 흘렀다. 크게 앓은 적도 없었다. 무쇠 팔 무쇠 다리 무쇠 체력 슈퍼히어로로는 의협심만 있으면 되는 줄 알았다.

거울 앞에 서면 알게 된다. 나를 사람 구실하게 만들어준 이 멀쩡한 한 육체는 타인의 정성과 수고가 만든 것. 엄마의 토대가 아니었다면 나는 진작 비실비실 앓다 죽었을 거야. 나는 엄마의 것이야. 엄마의 의지대로 살아갈 거야. 이렇게 말하면 그는 콧방귀를 뀌며 너 같은 거 줘도 안 갖는다 말하겠지. 내가 너무 엉터리로 사용하긴 했으니까.

스무 살이 되자마자 담배를 피웠다. 과제를 몰아 하느라 본격적인 밤샘에 돌입했다. 캄캄한 어둠 속에서 모니터 불빛을 노려보았다. 구부정히 앉거나 엎드려 시를 썼다. 집으로 돌아가지 않고 아무 데서나 잤으며, 시 쓰는 친구들과 동이 틀 때까지 술을 마시고 추위에 떨었다. 허리와 목뼈가 자주 아팠다. 시력은 급격하게 나빠져 무엇을 보려 할 땐 인상을 썼다. 그게 아닐 땐 충혈된 눈을 흐리멍덩하게 뜨고 다녔다. 비염과 천식이 생겼다. 사계절 힘껏 감기를 달고 살았다. 마음은 엉망진창이었지만 몸은 그런대로 버텼다. 그가 정성껏 돌보아 빚은 덕택일 것이다.

신체발부수지부모 같은 소릴 하려는 게 아니었으나……

해변의 모래 뺏기 놀이에서 승리하는 방법은 아주 간단하다. 모래성에 꽂힌 깃발이 절대로 쓰러질 리 없다는 믿음만 있으면 필승이다. 나는 나의 육체가 어떻게 이루어진 것인지 제대로 알지 못한 채 펑펑 썼다. 절대로 쓰러질 리 없다고 믿으며 과감하게 팠다. 지금 거울 속에 간신히 쓰러지지 않고 꽂혀 있는 이 깃발을 보자니, 나는 나일 수 없다. 내가 어떻게 오직 나일 수 있나.

어떤 작가들은 부모 이야기를 절대로 쓰지 않는다. 부모가 등장해도 부모 이야기가 아닌 것처럼 쓴다. 또 어떤 작가들은 줄곧 부모 이야기만 쓴다. 다른 이야기를 써도 결국 부모 이야기인 것처럼만 쓴다. 두 경우 모두 내용에 대한 결벽이리. 나는 이따금 엄마에 대한 이야기를 쓰게 되었다. 나라는 맥락의 지평선 너머에 당연히 그가 있기 때문에. 밥 먹지 않겠다고 숟가락을 피해 도망 다니는 나를 부둥켜안은 그가 있었기 때문에. 딱 이것만, 이거 한 숟갈만, 타이르며 눈을 맞추던 그가 숟가락을 내동댕이쳤었지. 나를 부둥켜안고 어린애처럼 울었지. 이것은 다섯 살의 기억. 건강한 나에 대해 이야기하려면 건너뛸 수 없다. 어쩔 수 없다. 그때 그의 나이는 스물여덟. 지금 나보다 아홉 살이 적다.

*

그는 결혼 이후 대부분의 시간을 전업주부로 살았지만, 두 살 터울의 오빠가 유치원에 다니게 되자 보험 판매 일을 시작했다. 뒤뚱뒤뚱 걷는 내 낮은 손을 잡고, 때로는 업고, 사람들을 만나러 온종일 돌아다녔다. 이때의 기억이 많거나 자

세하진 않다. 낯가림이 심한 데다 겁이 많은 나는 그를 따라 낯선 사람 만나는 일을 힘들어했고, 그의 등 뒤에 숨어 가끔 눈만 빠끔히 내놓을 뿐이었다. 누굴 만났는지는 전혀 생각나지 않는 반면, 지하철과 버스를 많이 탔던 기억만큼은 선명하다. 창밖으로 쏜살같이 지나가는 송전탑들이 쓸쓸해 보였다. 고압전선을 눈으로 좇으면 어디까지 이어질지 궁금했다. 터널이나 다른 풍경에 가로막혀 끝까지 좇을 수 없었으나. 느낌으로 알기. 문득 확인되기. 연결을 이해했다. 그는 나에게 창밖의 간판들을 또박또박 읽어주었다. 또래보다 한글을 늦게 뗐음에도 필체가 예뻤던 것은 간판을 읽는 것으로 글을 배운 덕일까. 느낌으로 알기. 문득 확인되기. 기억의 연결이다. 그가 가사노동 외에 다른 직업을 가지려고 했던 것은 형편이 어려웠기 때문만은 아니었을 것이다. 그러나 여느 때보다 의욕적이고 생기 넘쳤던 그의 시간이 얼마 되지 않아 마무리된 이유는 그의 남편이 반대한다는 것 하나 때문이었다.

*

친한 친구가 아이를 낳았을 때 많이 슬펐다. 화가 났던 것 같기도 하다. 누구에게, 무엇에 화가 났는지는 알 수 없었다.

유계영 ○ 몸 맘 마음

그를 통해 목격한바, 엄마가 된다는 것은 꼼짝 못 하게 되는 일. 사랑은 사랑밖에 모르게 하니까. 사랑은 자기 자신에게 무관심해지기를 요청하니까. 자기 자신을 놓치도록 시간도 마구마구 흐르게 하지. 이걸 의무적인 관계라고 말할 순 없다. 정말 다 가져간다. 나도 그에게 다 가져왔다.

화가 난 이유는 내가 이기적이고 모질고 양보를 몰라서다. 나는 친구의 아기를 질투했던 것이 틀림없다. 위트 넘치며 영감을 주고받는 대화를 할 줄 아는, 이토록 보기 드물게 어여쁜 나의 친구를, 아기는 독차지하네. 반짝이는 재능과 특별한 감수성으로 충만한 나의 친구는, 이제 아기만 바라보네. 무의식은 그렇게 중얼거리고 있었던 게 틀림없다.

걱정이 많이 됐다. 친구가 외롭다면 내가 무얼 할 수 있을까. 슬프다면 또 무엇을. 하지만 엄마가 되는 일에 대해 아는 것이 하나도 없었다. 친구야, 왜 엄마가 되기를 선택했어? 묻고 싶었다. 진심으로 이해하고 싶었다. 친구가 그런 미래에 설득되고 싶었다. 당연히 그럴 수는 없었다. 친구의 일상이 나의 일상과 크게 달라졌기 때문에 나는 쉽게 할 말을 찾지 못했고, 우리는 상대의 생활에 대해 점차 모르는 게 많아졌으므로. 안심하고 속마음을 들킬 수 없었다.

영화 〈남매의 여름밤〉(2019)을 보다가 갑자기 모든 상황이 명징하게 다가왔다. 나는 지나치게 판단하고자 한다! 나는 사람의 미지를 가만 놔두질 않는다! 나는 모르는 것에 대해 낱낱이 보고받고 싶어 한다! 다 들여다보고 싶어 한다! …… 내가 바보라는 뼈아픈 자각이었다.

〈남매의 여름밤〉을 본 사람들이라면 도대체 어느 대목에서 그런 걸 느낄 수 있는지 의아해할지 모르겠다. 장면을 설명하면 이렇다. 옥주와 동주. 어린 두 남매가 몸싸움 벌이는 소리를 듣고 남매의 할아버지가 2층으로 올라왔다. 옥주에게 밀쳐져 나동그라진 동주가 울음을 터뜨리고 있자, 노인은 동주를 안아주었다. 내팽개쳐진 아이의 책가방을 들어 자신의 어깨에 걸고 등을 토닥여주었다. 노인은 아무 말 없이 동주를 데리고 삐걱삐걱 목조 계단을 내려갔다.

깨달음은 사소한 계기를 통하는 법이다. 노인은 캐묻지 않는다. 왜 싸웠는지, 이 상황은 대체 무엇인지. 꾸짖지도 않는다. 누나가 동생에게, 동생이 누나에게 해서는 안 되는 일에 대해 가르치지 않는다. 다만 그저. 우는 아이가 울음을 그칠 수 있도록 안아준다. 그뿐.

노인이 남매의 갈등에 무관심하기 때문에 그럴 수 있는 거라고 누구도 생각할 수 없을 것이다. 상황의 잘잘못을 따져

보고 성찰하는 것은 그들 자신의 고요한 시간에 이루어진다. 어쩌면 영영 이루어지지 않은 채 건너뛸지 모른다. 그러나 이 모든 것이 자신들의 몫. 기다려주는 것이 아니라 거기 있기. 혼자라는 벼랑 끝에 내몰렸을 때 잠시라도 혼자라는 사실을 잊게 해주는 어른 남매의 낡은 고향집처럼, 그 자리에 있기. 짐작하지 않고 판단하지 않으며 눈앞에 우는 아이의 눈물을 닦아주기. 방황의 거처가 되기. 보이는 장면을 보기. 보이는 것 뒤에 숨은 보이지 않는 것을, 들춰내지 않고 껴안기. 노인의 모습이었다.

내게 그런 엄마가 있다.

이십대 내내 마음을 어쩌지 못해 쩔쩔맸다. 사람이 까다로웠고 사회는 곤란했다. 연애는 바닥을 마주보게 했다. 대학의 지적 충만감은 매우 짧게 스쳐갔는데 회사는 길어도 지나치게 길었다. 시는 도망 다녔고 미래는 낭떠러지 같았다. 불안의 표면에 질문을 던져 파문을 봤다. 나는 왜지? 삶은 무슨 의미지? 이거 다 뭐지? 답을 찾으려고 던진 질문이 아니라 흔들리려고 던진 질문이라서. 마음 깊숙한 곳 속껍질이 벗겨지는 것처럼 아팠다.

그럴 때 그를 안았다. 아기처럼 굴어보았다.

아무래도 그는 이상한 사람 같다. 나의 퇴행에도 좀처럼 질문하는 법이 없었다. 무슨 일이 나를 천치로 백치로 만들었는지 묻지 않았다. 이유를 듣고 싶어 한대도 할 말 없는 막연한 우울감에는 그 말 없음에 안도했지만, 구구절절 늘어놓을 준비가 된 슬픔에는 그 말 없음이 가장 서운했다.

무너지는 내 마음 좀 처리하라고. 다 가져가라고. 묻지도 않은 속마음을 중얼중얼 늘어놓는 날도 있었다. 애인에게 배신당한 이야기나 사교 집단에서 노골적으로 소외당한 이야기. 마음 표면을 긁을 만한 이야기를 충분히 했다. 나는 삶이 기쁘지 않아. 엄마에게 고맙지 않아. 마음 뿌리를 다 뽑을 작정으로 털어놓고 나면 슬픈 만큼 흡족했다.

그는 묻지 않고 눈앞의 나를 다 본다. 나는 그에게 받아들여진다. 언제나 그냥 받아들여진다.

삶의 내용을 내 의지대로 선택하며 미래를 관리 감독 할 수 있다고 착각할 만큼 어리석지 않은 줄 알았다. 나는 아직도 멀었나. 진실을 재촉하지 않는 어른이 될 수 없을까.

아기를 낳은 친구와 소원해지고 있다는 생각이 들수록 편지를 쓰려 했었다. 마음을 다 털어놓고 싶었는데 그럴 수 없었다. 언어가 도대체 와주지 않았다. 이제는 언어를 찾지 못해 차일피일 미루었던 편지가 다행이라는 생각이다. 왜 엄마가 되기를 선택했어? 물어볼 뻔했으니까. 너를 잃어버리지 않았으면 좋겠어. 헛소릴 늘어놓을 뻔했으니까. 최선을 다해 자신을 살아가고 있는 친구에게 나름대로의 진심이랍시고 비수를 던질 뻔했다. 엄마가 되는 일에 대해서라면 여전히 하나도 모른다. 내가 가보지 않은 길을 걷고 있는 사람에게 내 발자국만 잔뜩 찍힌 지도를 건네줄 수 없는 노릇이니까, 나는 여기 있으면서 엄마가 된 친구를 볼 것이다. 외롭다고 이야기하면 어설프고 우스꽝스러운 나의 일화를 선사하겠다. 힘들다고 이야기하면 안아주겠다. 너 자신의 극단, 사랑의 극단에서 조금 더 걸어가는 친구를 본다.

*

세수를 하려고 거울 앞에 섰을 때, 나는 알게 된다. 우리 36년을 붙어살고 이별했구나. 작년 한 해는 엄마를 가장 덜 만난 1년이다. 나에게 엄마 자국이 많다. 웃을 때와 울 때의 입매. 사랑을 시작하면 좋은 먹이부터 챙겨주려는 습성.

마감을 하느라 며칠 제대로 못 잤더니 뺨이 꺼지고 푸석하다. 송고하고 나면 일곱 시간 자고 일어나 햇빛과 땅을 밟으

며 긴 산책을 해야지. 개똥을 치우고 그 따뜻한 온기를 주머니
에 넣어 돌아와야지. 남편과 강아지와 함께 맛있는 먹이를 먹
고 기뻐해야지. 나를 사람 구실하게 만들어준 멀쩡한 육체는
타인의 정성과 수고가 만든 것. 귀하게 여길 수밖에 없다.

여행 가방 ———————————— ○

———

○
김
유
림

김유림

김유림.

2016년『현대시학』을 통해 시를 발표하기 시작했다.
시집『양방향』『세 개 이상의 모형』등을 냈다.

이 여행 가방은 여행을 가지 않을 때, 혹은 갈 수 없을 때 사용하는 여행 가방이다.

비뚤어진 모자와도 잘 어울리고, 올이 풀린 머플러와도 잘 어울린다. 안내 책자를 펼칠 수 없을 정도로 얼어붙은, 벌건 두 손과도 잘 어울린다. 책을 읽다가 말고 공상에 잠기는 인간이 습관적으로 물어뜯는 손톱과도 잘 어울린다. 또, 겨울이 아니어도 잘 어울리고 봄이 아니어도 잘 어울린다. 새가 날아가는 장면과도 잘 어울린다.

고양이

내 생각에, 이 고양이는 여행 가방에서 가장 볕이 좋은 구역에 산다. 고양이는 이 구역의 대장이라서 대장이라고 불린다. 대장은 한결같이 구질구질하다. 스시집의 남은 생선을 얻어먹으며 사는데 그것은 매일 조금 다른 위치에서 낮잠을 잔다. 매일, 조금, 다른, 위치에서 낮잠을 잔다는 걸 나는 다음과 같은 방법으로 짐작할 수 있었다: 고양이의 활동 반경을 그려보고 반경의 평균 중심점을 구하면 고정 좌표를 부여할 수 있다. 고정 좌표가 있으면 그걸 중심 삼아 이렇게 저렇게 움직임이 있다고 말하기는 쉬워진다.

고정 좌표에서 아주 조금씩만 벗어나면서 대장은 종암동을 지키고 있는 것처럼 보인다. 대장은 걸묘나 다름없고 눈빛만은 형형하다고 말할 수도 없다. 대장은 매일같이 졸고 있고 사람들이 귀엽다고 쓰다듬어줄 만한 생명체가 아니다. 오늘에 와서야 나는 그것의 존재가 사실상 유령에 가깝다고 판결을 내린다.

대장은 종암동의 사신이거나 문지기거나 그 자체로 통로다. 너무 늙고 너무 더러운 대장의 털의 일부는 항상 젖어 있고 윤기가 없다. 하지만 사실을 그대로 묘사해보자면, 그는 나쁘지 않다. 주차장 옆에 담벼락이 있고 그 담벼락을 기준으로 왼편에 상점의 물건들이 쌓여 있다. 물건들은 담벼락을 따라 쌓여 있기 때문에—움직이려면 인간의 도움이 필요한 편이기 때문에—움직임이 거의 없다. 그래서 해가 잘 들고 조용하다.

대장은 살아 있는 것 같지 않다. 그럼에도 내가 대장이 살아 있다고 믿는 건, 그가 졸고 있는(혹은 반은 죽어 있는) 위치가 매번 조금씩 달라지기 때문이다. 그는 거의 죽어 있다, 거의 움직이지 않는다. 눈을 뜬다고 해도 그건 보기 위함이 아니고 숨을 쉰다고 해도 그건 활동하기 위함이 아니다. 종암동의 다른 고양이들은 골목 여기저기를 배회하거나 뛰어다니지만 대장이 있는 장소에는 뛰어들지 않는다, 내 생각에 거긴 성역이다.

오늘 병원에 가기 위해 버스 정류장으로 향하면서—오후 2시였다—나는 대장이 동물도 아니고 인간도 아니고 무엇도 아닌 채로 저기서 움직이고 있다고 생각한다. 움직이는 통로처럼 기능하고 있다고 생각한다. 종암동의 모든 생명체에게 죽음의 통로로 기능하는 대장에게, 그러나 아무도 신경 쓰지 않는다. 대장은 그저 털이 있고 늙은 죽음의 통로일 뿐이고 누구에게도 무엇에게도 위협이 되려는 건 아니다.

그는 움직이는 고정점 같다! 그는 덜하지도 더하지도 않고 적당하다. 적당히 수상한 고양이.

내가 어린이라면,

여행을 가지 않고도 이 이야기를 무한대로 이어갈 수 있었을 것이다. 하지만 나는 가방을 닫고 걸음을 옮겨야 했고 거기서 대장의 움직임도 부드럽게 멈춘다.

새

새가 다투는 걸 보고자 하면 이 여행 가방의 문을 열고 사다리를 올라야 한다. 사다리는 끝이 없어 보이지만 끝에 다다른다. 당신은 끝이 끝이 아니라 철문으로 이어진다는 사실을 알고 안도할 것이다. 물론 철문을 연다고 해서 이후가 보장되는 건 아니다, 이후의 일이나 그럴듯한 콘크리트 바닥이 보장된다면 좋겠지만…….. 좋은 기분과는 무관하게 공간은 열리거나 열리지 않는다. 그래도 시도해볼 법하다. 사다리를 오르고 문이 보이면 문을 열어라.

오늘은 운이 좋아서 하늘이 보이고 바다도 존재한다. 바닥에는 낯설지 않은 소품들이 놓여 있다, 어느 빌라의 옥상과 같

다. 주인 세대가 키우는 고추 모종이 서너 그루 있고 장독대가
몇 개 있다. 더러운 파리들. 파리들이 더러운 건 파리들이 더
럽기 때문이 아니라 파리들이 조금 전까지 달라붙어 있던 생
선 건조망이 더럽기 때문이다. 윙윙 만약 아무도 알려주지 않
는다면, 그리고 아무도 그렇게 하지 않을 것인데, 지금이 어
느 계절에 속하는지 알기가 쉽지 않다.

　운이 더 따라준다면 조금 더 멀리까지 걸어볼 수 있다.

　패널로 만든 작은 창고가 있다. 여기서 더 가고 싶다면 당
신은 날개를 가지거나 어린아이가 되어야 한다. 어린아이라고
해서 날아오르거나 순간 이동을 할 수 있는 건 아니지만 적어
도 세부를 뒤틀어 기억하는 능력을 가지고 있으니까, 오늘의
장면은 더 풍부해질 것이다. 마주해야 하는 장면은 단순하다.

　여행 가방의 하늘이 매우 높고 매우 넓은 것은 아니지만—
사실 그것은 한정된 구역에 불과하다—그래도 볼만하다. 그
래서 당신은 그것을 본다. 보아야 할 것을 보다 보면 그게 무
엇이 되었든 그 자체로 인지 과정의 장막으로 기능한다: 여기
가 옥상에 해당하는 공간이라는 걸 받아들이는 과정이다. 과
정이 끝나면 멀리서부터 새가 한 마리 등장한다. 등장의 첫
부분을 즉시 파악하기는 곤란한데, 그것이 멀리서부터 날아
오는 작은 점에 불과하기 때문이다. 때때로 날이 좋다면, 그

것은 멀리서부터 해를 등지고 날아온다.

내가 얼마나 깜짝 놀랐냐면, 깜짝 놀람이 기쁨이라는 감정과 혼동될 만큼이었다.

당신은? 당신이 오늘 이 여행 가방의 낮은 하늘에서 아무것도 보지 못하고 아무것도 느끼지 못한다고 하더라도, 이 공간과 엮어서 생각해볼 법한 과거의 사건이 존재한다는 사실에는 변함이 없다. 그날 나는 네 마리의 새를 보거나 다섯 마리의 새를 본다. 그들은 날아와 다투고 있다, 순서대로 쓰자면 이렇다.

① 새 서너 마리가 날아온다.
② 새 한 마리가 나머지와 크게 구분되지도 않는다. 그러니까 여전히 새 서너 마리이거나 새 떼이다.
③ 오, 새 서너 마리가 이제 매우 가깝다!
④ 오…… 새 한 마리가 공격을 당하고 있다.
⑤ 무슨 일이지?
⑥ 나는 혼란스럽지만 그들은 날아가버렸다.

나는 새가 다투는 걸 목격해버렸다, 더 생각을 하고 싶었지만 생각을 할 이유도 생각을 할 방법도 없이 모든 건 사라져버렸다. 그래도 ⑦ 새가 다른 새와 달랐을 수 있다, 종種이 다르거나 종이 아닌 무언가가 달랐겠지. 난 반팔이 춥게 느껴져서 가방의 문을 열고 집으로 들어간다.

밤

이 여행 가방은 반복이다, 나는 가방을 열어 얼굴을 집어넣고 가방을 입는다는 기분으로 한 지점을 빠져나간다, 이때 또다시 대장을 마주친다. 대장은 아무것도 모르는 척하는 늙고 골골대는 고양이지만 그를 무시하고 종암동의 길을 지나다니다가 무슨 일이 일어날지는 아무도 모른다. 나는 며칠은 건너뛰고 며칠만 기억하기를 즐겨하는데 오늘은 그날들 중의 하나이다, 그날들은 편의를 위해 3일에서 5일 정도의 단위로 구분할 수 있다. 그날들에 나는 기운이 없고 의미도 없고 무엇보다 지긋지긋해서 거리로 나가도 갈 곳이 하나 없다.

그래서 편의점에 가는 길이었고 편의점에 가는 길에는 그런데 언제나 대장이 있어서 대장이 죽음의 통로 그 자체라고 해도 그러려니 한다. 대장의 구역을 구분해주는 담벼락을 넘어선 직후에 나는 갑자기 고양이가 된 기분이다. 왜냐하면 밤

에는, 이 여행 가방에 무슨 일이 생기냐면, 청소년들이 가끔 나타나기 때문이다. 남자고 여자고 할 것 없이 모여서 담배를 피우고 때로는 술도 마신다. 오토바이도 세워두고. 음…… 나-이제-고양이의 생각에는 그들은 청소년이 맞다. 사실 그들은 어둠 속에서는 어른과 다를 바 없어 보이고 구별도 잘되지 않는다, 그러나 오직 그들만이 할 일(술 마시기와 담배 피우기)을 하다 말고 고개를 들어 지나가는 사람들을 유심히 본다. 대체로 나는 너무 피곤해서 무서움을 느낄 여력이 없는데 그들은 확실히 무섭고 나는 그 사실이 기쁘다. 기쁨은 예상치 못한 곳에서 솟아오른다.

나는 그들보다 매우 작아진 기분이 들고(실제로 내가 더 작은 경우가 많다), 마음속으로 외친다: "저는 선량한 시민이고 그저 피곤할 뿐입니다. 아무 말도 안 할 테니 제발 자비를……." 그러면 그 아이들 중 일부는 시선을 거두고 하던 걸 이어서 한다. 그래서 이 여행 가방은 반복이다. 나는 가방을 열어 차가운 맥주를 집어넣고 가방을 입는다는 기분으로 골목길로 들어선다. 같은 상황이고 같은 구도지만 이번엔 순서가 반대다.

여행 가방은 아주 가끔 이런 장면을 연출하고 대체로 조용하다.

나-이제-고양이는 아주 작지만 아주 크기도 한 언덕을 건너온 기분으로 갈림길에 선다. 거기가 여행 가방의 장면 전환 지점이다.

당신은 오던 길이 아닌 길로 갈 수도 있다, 오던 길이 아닌 길은 그런데 아직 발견되지 않았다.

하지만 여행 가방은 당신이 가는 대로 열린다. 열리는 대로 내용물은 쏟아지고 내용물은 즉시 길을 단장한다. 무언가가 익숙해 보인다면 그 이유에서다. 당신을 보내고 나는 대장 고양이가 있는 익숙한 뒷골목을 따라간다.

새로운 길이 있다면 새롭지 않은 길도 있기 때문이다.

밤이고 아무도 내가 무엇을 들고 돌아가는지 알지 못한다.

폐지

누가 이 구역의 폐지를 깔끔하게 수거해 가는지가 궁금하다면, 가방으로 들어와 왼쪽으로 꺾으면 된다. 왼쪽이라고 함은 왼쪽을 의미한다. 내 마음이 어떤지와 무관하게 왼쪽은 왼쪽이라서 왼쪽이라고 동행이 말했을 때 내가 오른쪽으로 향하면 우리 둘 사이의 무언가가 잠시 빗나간다. 이쪽이 왼쪽이라고 생각하기 때문에, 그리고 이쪽의 이쪽이 서로 다르기 때문에, 많은 두 사람은 잠시 멈추어 서서 여행 가방의 심오함에 대해 생각해보지 않을 수가 없다. 그러니까 이 여행 가방은, 다시 한번 말하지만, 여행을 가지 않을 때 혹은 갈 수 없을 때 사용하는 여행 가방이다.

그걸 생각해보니까 재밌는데! 당신은 좋은 걸 좋게 생각해서 즐거운 사람으로 오늘 등장한다. 나는 그에 응하기 위해 좋은 걸 좋게 생각해서 즐거워지려는 사람으로 오늘 등장한다. 가방이 가볍고 꽃도 곧 피어날 것 같다. 꽃은 피고 나면 금세 지지만 곧 피어나기 직전까지는 길다. 꽃이 가장 긴 것은? 이 여행 가방 안에서다. 마침 저기서부터 노인이 자전거를 타고 다가오고 이후는 잘 모르겠다. 가방 범위 바깥의 일이다.

엊그제 책장 정리를 하고 안 읽는 책을 골목에 내놓았는데 그 책 더미가 반나절 만에 사라졌다. 사실은 그래서 이런 글을 쓰는 것이다.

잠시 어디엔가, 그러니까 내가 여행 가방이라고 부르는 것의 범위를 넘어선 곳으로, 마실을 다녀오면 건물 앞에 쌓아둔 책 더미가 사라져 있다. 내가 참여하지 않은 과거, 내가 목격하지 못한 과거의 사건이 나의 현재에 영향을 미친다. 그 이음매가 어찌나 심각하게 매끄러운지! 매번 놀랄 따름이다.

김유림 ○ **여행 가방**

여기에선, 여기의 논리로는, 그 할아버지 혹은 그 할머니가 책 더미를 옮긴 장본인일 것이다. 가방 구역에서 폐지 수거를 담당하는 사람은 단 두 사람이고 두 사람은 노인이다. 노인 둘의 집은 오래된 한옥이고 양옆으로 늘어선 빌라 건물 사이에 끼어 있다. 가끔 대문이 열려 있어서 마당이 보이는데 엄청난 양의 종이가 쌓여 있다. 노인은 노인과 함께 종이를 수거하는 게 분명하다. 혼자서 처리하기엔 너무 많은 종이가 이 구역에서 배출된다. (종암동의 시인 나 김유림 때문에?) 하지만 노인 중의 노인은 좀체 만나기 힘들다.

마당에 종이 탑이 여러 개 쌓여 있는 집으로부터 빠져나오려면 묘기에 가까운 움직임이 필요하기 때문일까? 누군가가 안 보이는 이유가 탑이나 건물이나 업보나 책 때문이라면, 안 보이는 이야기의 간격을 채우기가 얼마나 쉬울지.

탑이나 건물이나 업보나 책을 종이 뒤집듯이 넘기면 그 사람이 아팠다거나 괴로웠다거나 모든 걸 내려놓고 고양이가 되고 싶었다거나 하는 그런 대충의 이유들이 그림처럼 선명해지기를 종종 바라고는 했다.

그러나 시간은 접힐 듯 접히지 않는다.

North Side Waterfall

가방의 뚜껑을 열고 가장자리까지 팔을 깊숙이 넣으면 차가운 물이 만져진다. 우리가 찾던 그 폭포다. 폭포가 거기 있다는 사실은 가방에는 한계가 있다는 사실과 맞닿는다. 맞닿는 지점에서 물이 흘러내리고 보기 힘든 외래종 식물이 자란다. 꿈인 듯하지만 너무 늦어서 그렇지 너무 일러서는 아니다. 곧 닫을 시각이다. 폭포 공원의 관리자가 안내 방송을 내보내면 우리는 돌아갈 준비를 한다. 우리는 이제 친밀한 사이다.

나는 기억을 거슬러 올라가 검은 절벽 위로 내리치는 폭포의 장면을 가방의 북쪽 면North Side에 붙여 넣는다. 멋진 경치. 그리고 안도감. 거기서 얼마나 아름다운 자연이 펼쳐졌는지, 그리고 "얼마나 빠르게 아름다운 자연을 머릿속에서 접어버릴 수 있었는지". 자동차를 타고 돌아왔다는 희미한 인상만을 품고 가방을 여닫고 있다. 가방을 열었다 닫았다…….

내 생각에 이런 건 중요하다. 포기했다가 포기하지 않았다가 포기했다가 포기하지 않았다가.

접면이 곧 벽면이기 때문인데, 여닫기를 반복할수록 폭포에서 종암동으로 떨어지는 부스러기도 많아진다.

부스러기에는 자갈과 물방울과 마른 잎, (의외로) 습기, 오랑지나 페트병 등이 있다.

에필로그

이 여행 가방—내가 방금 만들어낸 거긴 하지만—의 사방에는 끝이 있어서 좋다.

여행 가방이라는 단어의 내부에는 하다못해 금세 망가질 싸구려 내벽이라도 있을 테니까. 여행지보다는 여행 가방의 내부를 돌아다니고 싶을 때가 있다. 여행 가방을 들고 여행을 가지 않고 여행을 가고 싶을 때가 있다.

"그걸 손으로 들어올리면, 여행지를 손으로 들어올린 거지."

끝이 있다는 느낌, 막다른 벽에 부딪힐 거라는 느낌은 좋다. 그 또한 나의 생활이고 나의 건강이다. 끝이 있다는 감각은 건강하다. 테두리에 대한 감각도 건강하다. 테두리 혹은 사방의 벽을 감각하며 가방을 걸어서 여행을 가지 않기.

여행 가방에 내벽이 있다는 상상은 상상만으로도 좋다. 내벽에서 나는 절벽을 읽고 절벽에서 폭포를 만난다. 폭포의 시원함, 갈증의 해소, 울퉁불퉁한 바위, 거친 바위…… 그렇게 걷다 보면 매끄러운 돌을 몇몇 마주치기도 한다. 종암동에서 너무 멀리 간 트레킹의 기억일 수도 있다. 그러나 괘념치 않고 폭포가 쏟아져 내리는 절벽을 여행 가방의 북쪽 면에 매달아두면, 가방을 여닫는 행위가 얼마간 더 유쾌해진다.

통로는 좋다. 환기가 잘되는 글이 좋고 구멍이 숭숭 난 생활도 좋다. 물론 낱말에 통로를 낼 필요가 없다. 낱말이 그 자체로 통로이기 때문이다.

나는 내 생활 반경을 굴러다니는 고양이, 새, 밤, 폐지, 절벽을 이 납작한 글에 어느 정도 붙들어두었고 임시로나마 고정점의 역할을 하도록 했다. 그랬더니 그들은 나의 일상과 글쓰기에 실제로 영향을 미친다.

고독한 소호 방* _____ ○

○ 이 소 호

* 혼자 놀기를 위한 이소호 시인의 지침서로, 2020년 12월 23일 실제 하루를 토대로 흐른 생각과 혼잣말을 그대로 구성하여 쓴 산문이다. 날백수와 노동하는 작가 사이 어딘가의 이소호 시인의 하루는 늘 이렇게 흘러간다.

이소호

여기, 이소호 왔다 감.

2014년 『현대시』를 통해 시를 발표하기 시작했다.
시집 『캣콜링』을 냈다.

take 1.

집에만 있으니 돌아버릴 지경이다. 집순이 만렙인 나도 이젠 한계가 온 것 같다. 난 이젠 모든 드라마를 다 봤다. 사랑은 지겹고, 예능은 유머를 잃은 지 오래다. 설상가상으로 내가 가장 좋아하던 장르인 스릴러도 이젠 한눈에 범인을 찾을 수 있을 지경이 되었다. 인간은 자극에 점점 무뎌지는 것이 사실인 것 같다. 내가 지금 매일매일 오는 재난 문자에 더는 놀라지 않는 것처럼 이젠 더는 갑자기 튀어나오는 귀신이나 범죄자에 놀라지 않는다. 며칠 전에는 영상을 보며 나는 나만의 게임을 개발하기에 이르렀다. 하루는 프로파일러가 되었다가 하루는 완전범죄를 꿈꾸며, 등장인물들을 전부 멍청이로 만들어버렸다. 나라면, 이렇게 잡히지(잡지) 않았을 텐데. 쯧쯧.
혀를 차며 나는 나만의 프로파일링 혹은 범죄 노트를 완성하
게 되었다. 그러므로 2020년 이 집에서 내가 얻은 게 있다면,
나는 세상의 모든 클리셰를 섭렵한 것이다. 그래서 클리셰를
통달한 나머지 너무 심심해서 클리셰 범벅으로 점철된 '클리
셰'라는 제목의 시도 썼다. 그러나 그마저도 잠시. 세상이 9시
이후로 모든 것이 멈춘 것처럼 드라마는 코로나로 인해 연이
은 결방을 맞이했다. 나는 24시간의 넘쳐나는 시간을 넷플릭
스나 유튜브로 대신 채우기 시작했다. 마치 내 일상처럼 흑백
의 노이즈가 백색소음을 내는 것처럼, 그 소음이 소음에서 또
다른 의미의 침묵으로 느껴지는 것처럼, 나만의 아주 오랜 결
방이 이어지고 있다. 결방이란 이런 것이다. 아무 일도 일어
나지 않는 것. 익숙한 하루가 반복되어 더는 자극이 없이 하
루를 어제처럼 어제를 내일 살아내야 한다는 것. 그러니까 밖
을 나다니지 않는 나에게는 더는 사건도 감각도 없다. 부딪치
는 사람도 미움을 사거나 미워할 일도 없다.

    그러나 코로나 발발 1주년. 나는 인간이다. 종잡을 수 없
고, 실수투성이에, 시시때때로 기분이 변하며, 애초에 하느님
의 말을 어겨서 에덴동산에서 쫓겨난 인간. 인간에게 아무리
집이 가장 안전하다 해도 밖은 여전히 궁금하다. 나는 유혹을

뿌리치기 위해 갖은 방법을 다 썼다. 세상으로부터 궁금증을 단절해야, 모든 것으로부터 자유로울 수 있다고 생각했다. 산책도 외출도 없는 24시간은 1년보다 훨씬 더디게 흐른다. 낮잠도 자고, 안 하던 게임도 하고 별짓을 다 해도 시간이 남는다. 가끔은 하루가 모자란다는 사람들에게 내 시간을 다 나눠주고 싶다. 나는 지칠 대로 지친 뒤에야, 더는 할 일이 없어진 뒤에야 불안한 나의 손가락을 자판을 향해 둔다. 이 끔찍한 환란의 시기에 무언가 남기고 싶다는 욕구가 들었기 때문이다. 그렇게 결국 나는 시간이 펑펑 남아돌던 조선시대 유배지 선비들처럼 다시 무언가 쓰기 시작했다.

별것 없는 2020년 12월 23일 오늘. 제목은 고독한 소호 방. 이름하여 텍스트로 쓰는 브이로그.

take 2.

사실 이 글은 전부 한 통의 전화로 시작되었다. 잠결이었고, 담당 편집자 A 씨가 "건강……" 뭐라고 하는 것 같았다. 일단 쓰기로 해놓고 나서 뭘 어떻게 쓸까 싶어 메모장을 켰는데 아무리 생각해도 채울 수 없었다. 그렇게 숨 쉬는 것처럼 글이 줄줄 나오던 내가 아무리 덧붙여도 '생활 건강'이라는 기이한 키워드 앞에서는 아무 말도 쓸 수가 없게 된 것이다. 건강에 여기저기 나를 붙여본다. 역시 부정문 없이는 어색하다. 그래. 그날 내가 A 씨의 전화만 받지 않았다면 이런 일이 없었을 거다. A 씨는 내게 그랬다. "그래도 고유한 건강함에 대해 쓰면 독자들도 흥미로워할 거예요." 당시 나는 수긍했다. 그러나 쓰려고 보니, 그 전화를 받고 수긍한 내 자신을 탓할 수밖에 없었다. 건강한 지점을 찾으려고 12월 내내 분투했지만 도무지 나는 건강하지 않다는 잠정적 결론을 내릴 수밖에 없었다. 나는 이제 믿을 것이 과거의 나밖에 없다. 혹시나 싶어 과거의 메모를 뒤진다. 그러다 아이폰에 남겨진 가장 오래된 메모 중에, 대학원에서 배웠던 니체의 긍정의 윤리학에 대한 메모를 발견했다. "후회와 다짐은 나를 변화시키지 않고 벗어나려는 기억은 벗어나려는 것으로부터 나를 더욱 견고하게 해준다고. 차라리 긍정하라고 긍정하면 벗어나기 쉽다고." 고통을 긍정하라고 했다. 무슨 책에서 발췌한 것인지 아니면 나의 느낌을 적은 것인지 알 수 없으나, 그날 배운 공부에서 가장 뜻깊은 문장이라며 메모장에 쓰여 있다. 그러므로 니체이자 내가 말했듯이 나는 비극을 긍정하기로 했다. 건강하지 않음을 밝힘으로써, 그것이 건강의 씨앗이 될 수 있음을 여러분에게 알리기 위해, 쓴다.

take 3.

쓴다는 것. 사실 나는 글을 써야만 했다. 누군가는 아픈 일을 굳이 기억하는 일이, 그리고 그 기록이 박제되는 일이 건강과는 정반대되는 일 아니냐고 되물을 것이다. 그러나 나는 단한 차례도 그렇게 생각한 적이 없다. "당신의 글은 아파요. 쓰는 것도 읽는 것도 아파요." 독자가 말했다. 그리고 나도 말했다. "저도 아파요. 쓰는 것도 읽는 것도 아파요. 하지만 쓰지 않는 것은 더 아파요."

take 4.

나는 일기를 쓰는 일을 굉장히 좋아했다. 내 일기가 세상에서 제일 재미있다고 생각했다. 그때의 나는 말을 가리는 법을 몰랐기 때문에 굉장히 세밀하게 하루를 적어놓았고, 수치심도 몰랐다. 정직한 법만 배웠던 나는 일기에 정말 그야말로 처절한 고백에 가까운 문장을 적었고, 그곳에는 날것의 내가 살아 있었다. 그래서였을까 나는 쓰는 것만큼 읽는 것도 좋아했다. 괴로운 부분에서는 나를 타자화하며 가여워하기도 했다. 전부 실명이 적힌 글들은 우습게도 읽는 재미를 더했다. 더는 기억도 나지 않는 친구들과 선생님들의 일화가 모인 덕분에 나는 6년 내내 일기 상을 거머쥐었다.

사춘기가 왔을 때, 글을 쓰는 의미는 조금 달라졌다. 중고등학교 때는 좋아하는 연예인이 내 이름을 불러주기를 원하며 사연을 썼다. 한때는 일주일에 세 번 정도 내 이름이 불릴 때도 있었고, 나중에는 그 쓰는 일이 내게 용돈벌이가 되기도 했다. 부끄럽지만 우리 동네는 워낙 작았기 때문에 글을 쓰는 인원도 워낙 적었고 참가만 해도 문화상품권을 주기도 했다. 그래서 문화상품권을 받기 위해 썼다. 문화상품권을 받으려면 다양한 일상과 일화가 필요했다. 그러니까 일상을 기록하는 일들은, 평범함을 곧 새롭게 느끼게 하는 일들이었다. 나는 하루를 자주 관찰했고 뚝 떼어다 적기만 하면 문화상품권부터 책가방까지 무엇이든 되어 돌아왔다.

뿐만이 아니다. 글은 불행으로부터 나를 예방하기도 한다. 가장 도처에 있었던 사건으로 예시를 들어보고 싶다. 작년이었다. 우리는 서로 사랑했고, 우리 중 나는 그를 사랑했고 그는 나를 조금 덜 사랑했다. 그리고 그는 끝내 나를 아주 조금 사랑하게 되었고 눈치가 빠른 나는 그가 변해가는 과정을 글로 썼다. 이 과정을 글로 쓰기란 물론 쉽지 않다. 하지만 그 수치심과 슬픔을 그에게 전달하는 것은 더 슬픈 일이었다. 이 말을 그에게 하면, 내 마음이 끝나지도 않았는데 그가 훌쩍 일찍 떠나버릴 수도 있다는 생각이 들자 겁이 났다. 그래서 어딘가 토로하고 싶은 말들은 늘 어딘가에 적혔다. 가장 안전한 비밀은 종이에 영원히 봉인되었으며, 덕분에 나는 마지막에 헤어지자고 말을 먼저 하며 자존심을 지킬 수 있었다. 찌질하고 찐따 같은 말들은 전부 글 속에 있었으므로 나는 겨우 아름다운 추억으로 남을 수 있었다. 그리고 가끔 '자니?' 물으며 전화를 하고 싶어 못 견딜 때마다 그에게 보내지도 못할 편지를 적기도 했다. 나는 어딘가에 털어낸다는 것으로 스스로 대견하다고 생각했다. '참으면 병이 된다'는 말씀을 지키지 않고, 나는 병이 되기 전에 꼭 어딘가에 쓰고 남겼다. 영원히 박제된다는 생각은 전혀 부끄럽지 않았다. 말하지 않는 것이 오히려 더 아픔이 될 거라 생각했기 때문에.

그러나 이러한 노력에도 불구하고 나는 선천적으로 나약한 정신 건강을 가지고 있다. 엄마가 마음만 굳게 먹으면 이겨낼 수 있다고 말했지만, 그 굳은 마음은 늘 나를 비껴갔다. 근 7년째 나는 우울증, 불안장애, 공황장애를 앓고 있으며, 때문에 뻑 하면 지하철을 타지 못해 택시를 타고 돌아다니는 우리 집에 남은 마지막 귀족이다. 택시를 타고 심리 상담 센터를 다니며, 그마저도 벅차 마지막 2주는 가지도 않았다. 그러면 여기서 또 질문은 바뀐다. 진정으로 내가 돌보아야 하는 것은 어떤 건강인가. 전염병이 창궐한 이 시대에. 몸일까, 정신일까? 아침 교양 프로그램에 출연한 가정의학과 의사가 말하는 것처럼 스트레스는 정말로 만병의 근원이란 말인가? 나는 얼마 전 심리 상담 센터에 가서 상담사 선생님께 답을 구했던 일이 떠올랐다. 그러나 상담을 진행하면 할수록 해결이 아니라, 괴로움이 앞섰다. 불행의 근원을 찾으려고 헤집어놓은 과거는 역시나 살아가기 위해 선택한 미봉책일 뿐이었다. 폐허가 되어 아무것도 심을 수 없는 버려진 땅. 그것이 나의 과거다.

새로운 트라우마로 인해 더욱더 힘을 보태서 아침저녁으로 먹는 향정신성 알약을 열한 개나 복용하기 시작했다. 주마다 별 이야기는 하지 않는데도 알약은 하나씩 늘어가고, 거기에 술을 마시고 나면 블랙아웃의 세계로 넘어간다. 약물 부작용 중 하나인데, 가끔은 술을 마시지 않아도 잊고 싶은 기억은 인장처럼 박히고 이후의 어떤 날은 내 기억 속에서 영원히 영원히 지워지는 것이다. 그때의 나는 대부분 누군가에게 전화하거나 폭식을 하거나, 글을 쏟아 쓴다. 아무튼 그 와중에도 외로웠던 모양이다. 다음 날 일어나보면 진정한 생활 스릴러가 펼쳐져 있다. 나는 눈을 뜨자마자 어둠 속의 또 다른 내가 했던 모든 일을 전부 수습해야 했다. 수치심에 떨면서 전화를 다시 걸면서 떨리는 목소리로 물었다. "혹시…… 어제 내가 실수한 일은 없어?" 그렇게 질문하면 상대방은 늘 "없다"고 말해주었다. 진정한 인류애를 느낀다. 그러나 나는 알고 있다. 블랙아웃 직전에 그에게 했던 말들을. 그에게 미리 품고 있었던 감정들을. 그 감정은 분명 튀어나왔을 것이고 명백한 실수였고 수치였다. 하지만 뱉은 말은 어쩔 도리가 없다. 결국 무언가 저질렀지만, 아무것도 하지 않은 일이 되어 블랙아웃은 나를 죄어온다.

전화했으나 전화한 기억이 없으며 사랑했으나 사랑한다고 말한 기억이 없으며 너와는 이제 연락하지 않겠다고 발언해놓고 다음 날 아무렇지도 않게 전화를 하는 나는, 정말 내

가 아니어서 슬프다. 그건 용기였을까 치기였을까. 그 안의
내가 진짜 나인지, 그 후의 내가 진짜 나인지 모르겠다. 그러
니까 어젯밤 저 케이크 한 통에 보리건빵 절반을 먹은 것은,
누구인지 모르겠다. 어둠 속의 나는, 약을 먹고 무럭무럭 자
라난다. 내가 나를 지우는 괴상한 방식으로.

take 6.

블랙아웃.
하루의 진정한 공백에 대해서 이야기해보고 싶다.
내가 실제로 띄워서 비운
의 지 의 이 따 위 공 백 이 아 니 라
마침표로 생략되거나, 괄호로 비워둔
거기 그 세계.

한참을 괴로워하던 나는 온라인의 랍비들에게 묻는다. '이 수치심은 어떻게 견디나요?' 공손한 질문에 돌아오는 것은 무례한 답변들이다. 그러나 온라인의 랍비들이 남의 일이라고 함부로 떠드는 그 태도가 가끔 도움 될 때가 있다. 나는 때론 과하게 그들에게 의지한다. 친구들을 만날 수 없으니 더 그러하다. 뿐만이 아니다. 유튜브에 널린 자칭 철학자들은 래퍼들보다 화가 많이 난 채로 내게, 똑바로 살라고 가르치려 든다. 아무 잘못도 없이 혼꾸멍이 난 나는 시무룩해진다. 그리고 우습게도 나는 그들의 말을 따른다. 사이비에 왜 빠지는지 알 것 같았다. 그들의 말씀은 너무 옳다. 코로나 1년 차가 되어가자 나는 자기 의지를 상실한 채, 이제 별걸 다 물어보기 시작했다. 배가 고픈데 배달시켜 먹을까 말까 같은 정말 잠시 생각을 스치고 지나가는 것들을 적는다. 그럼 그들은 무심하게 대답하고 나는 따른다. 고독한 소호 방의 하느님은 바로 그들이다. 그들이 가라사대 일하라 하면 이소호는 일하고 놀아라 하면 논다. 넷플릭스에서 보기도 전에 감상평을 전해 들으며 그들에게 취향을 검열당한다. 그러니까 나는 얼굴도 모르는 사람들이 하라는 대로 하는 진정한 언택트의 삶을 살고 있다.

take 8.

불신 지옥

한 번만 믿어봐요.

믿기만 하면 죄에 상관없이 모두 천국 가요.

take 9.

얼마 전, 유료 앱을 결제했다. 명상 앱인데 월 4900원으로 다양한 명상 콘텐츠를 즐길 수 있다고 쓰여 있었다. 별점도 4.5로 아주 높았다. 명상 앱의 시스템은 이렇다. 총 7일 코스를 공짜로 즐기고 나면, 그 이후로는 유료 콘텐츠로 진행되는 것인데, 내 감정이나 상황에 따른 키워드를 고른 뒤 명상을 즐기면 된다고 상세히 설명되어 있다.

그러나 명상을 진행하면 할수록 나는 이게 얼마나 우스운 돈 지랄인지 알게 되었다. 1일 차에도 2일 차에도 자꾸 숨 쉬는 것에만 집중하라고 했다. '들숨과 날숨에 집중하세요' '가장 편한 자세로' '자신의 호흡이 어떻게 자연스럽게 이어지는지 알아보세요'라고 한다. 주문 같은 말들. 결국 마지막에는 다시 숨결에 집중하라 한다. 명상의 절반이 호흡이라는 것을 알고는 있지만, 숨에만 자꾸 집중하라는 것이 마치 지금 네가 살아 있는 것에 감사하라는 말인 것처럼 들렸다. 나는 그만 명상을 진행하다 웃음이 터지고 말았다. '숨을 쉬는 것에 집착하면 잡념이 사라진다고 믿는 걸까?' 돈만 버렸다. 전혀 잡념이 사라지지 않았다. 오히려 그녀의 목소리 그리고 들숨과 날숨 사이에 지독한 잡념이 파고들었다.

나의 잡념이란 이런 것이다. 생각에 생각이 꼬리를 무는 것. 꼬리를 물다 보면 생각은 나를 지옥으로 빠뜨리기 십상이다. 잡념에는 여러 장르가 있지만, 이해를 돕기 위해 내가 제일 좋아하는 쇼핑으로 예를 들어보겠다. 나는 핸드 크래프트 주얼리 브랜드에서 반지가 사고 싶다. 반지는 고가이다. 그런데 이번 달 치 쇼핑비는 다 썼다. 다음 달까지 기다려야 한다. 그러나 이걸 사지 못하면 이걸 내 손가락에 끼우지 못하면 큰일이 일어날 것 같다. 나는 어서 이 반지를 사야만 한다. 넘버링된 주얼리들을 보면서 카드값이 새로 시작되는 1일은 언제 오는지 세어본다. 1일은 아직 열흘이나 남았다. 열흘 동안 과연 이 주얼리들은 남아 있을까? 내 것이 사라지면 어떡하지? 내가 망설이는 이 순간에도 분명히 누군가는 결제창을 누르고 있다. 나는 장바구니에 넣었다가 뺐길 머릿속에서 반복한다. 이런 잡념은 장르를 불문하고 심지어 잠을 자면서도 계속된다.

　이번에는 신파로 장르를 바꿔보자. 며칠 전에는 전 남자친구가 나왔다. 나온 것도 분한데, 심지어 내가 매달려서 다시 사귀는 끔찍한 꿈을 꾸었다. 군대를 두 번 간다면 이런 기분일까? 두 번째로 사귀면 나한테 잘할 줄 알았는데, 그는 여전히 예민하고 나를 무시했으며 내게 닥친 좋은 일마다 사사건건 깎아내리기 바빴다.

take 10.

　더러운 기분으로 눈을 떠보니 아침 7시.
　일어나기엔 너무 이른 시간이다.
　나는 다시 아침 약을 먹고 눈을 감는다.

take 11.

　또 다른 장르다. 내게 죄지은 초등학교 친구들이 등장하여 여전히 반성하지 않는다. 친구들은 어른이 된 상태로 나타나서 "그런 적이 있었나?" 하고 내게 물었다. "언제 적 이야기인데, 아직도 너만 이래?" 이런 말을 들으며 자존심이 상한 나는 그들을 억지로 용서하고 울며 택시를 타는 그런 꿈.

그렇게 나는 매일매일 너무 다양한 이야기를 밤새워 먹느라 심신이 매우 지친 상태였다. 차라리 내가 소설을 썼다면 어떻게든 해소할 수 있었을까? 아니다. 이건 쓰는 순간 소설이 아니다. 다큐멘터리다. 그러니 불가능하다. 아무 말인 것처럼 기대어 화풀이하듯 글을 쓰는 것으로는 부족하다. 이걸로는 건강해질 수 없다.

약을 먹고 청축 키보드를 쿵쿵 두드리며 쓰더라도, 분노는 늘 그 자리에 있기에 호시탐탐 무의식을 노리다 뒤통수를 거세게 치고 되돌아온다.

나는 의사 선생님에게 물었다.

"선생님, 잡념을 사라지게 하는 약은 없나요? 자도 꿈을 자꾸 꾸는데요, 선생님? 꿈을 꾸는 건 제게 고역이에요. 자꾸 뭘 먹는 기분이 든다고요."

take 12.

작년 오늘은 뭘 했나요? 아이폰은 묻지도 않았는데 질문한다.

작년의 나는 태국 치앙마이에 있었다.

take 13.

작년 오늘을 생각하면 종말 직전의 평화를 떠올리게 된다. 우리는 다가올 미래를 전혀 예감하지 못하고 있었다. 그러니까 우리는 아주 짧은 크리스마스 여행을 계획했다. 너무 덥지도 춥지도 않은 동남아의 겨울. 최성수기에 가장 값비싼 돈을 주고 떠난 치앙마이는 어쩐지 낡았고, 있는 그대로 아름다웠다. 우리는 어정쩡한 여름옷을 입고 메리 크리스마스를 외쳤고, 모르는 사람들과도 쉽게 친구가 될 수 있었다. 각자 여행을 하다 시간을 정하고 현지에 따로 온 친구를 만나고 맥주를 마셨다. 저녁이면 취해 이번 여행은 너무 완벽했다고, 내년에는 우리 꼭 다른 나라로 떠나자는 말을 했다. 내가 가져온 책들은 한 권도 읽지 않았다. 우리는 열심히 걸었고, 지치지도 않고 보이는 가게마다 족족 들어가서 구경을 했다. 그러다 망고 주스를 마시고 거리를 거닐 뿐 관광지는 단 한 군데도 가지 않았다. 오로지 둘이서 서로의 거울이 되어 마주보며 사 온 옷들을 입어보고, 잠들기 전에 눈에 눈물이 고일 때까지 웃으며 다음 여행지를 정했다. 우리라면 전 세계 어디를 가더라도 절대로 싸우지 않을 거야. 너만이 나를, 나만이 너를 이해할 수 있을 것 같아. 그러니까 잘 부탁해. 2020년도 잘 부탁해. 내년에는 상상도 할 수 없는 정말 멋진 일들이 생길 거야.

한 치 앞도 모르고 우리는 그렇게 말했다.

take 14.

작년의 다짐이 전부 거짓말이 되어버린 오늘.

take 15.

이제는 트위터가 묻지도 않았는데 묻는다.
무슨 일이 일어나고 있나요?

take 16.

오늘의 나는 이렇게 쓰고 있다.

내가 쓰지 않으면 오늘은 아무 날도 아니다.

take 17.

두드려라. 그러면 열릴 것이다.

사랑의 정체 ───────── ○

○ 손유미

손유미

자기 효능감과 불능감 사이를 터벅터벅 걸을 때, 때때로 놀라는 사람. 이 어둡고 끝없는 길을 모두가 각자 걷고 있다니. 그러나 이 어둠 속에서 우리는 만나고 기운을 나누고, 헤어진다. 나는 어느 길목을 통과하는 중일까, 이 기운을 가지고.

2014년『창작과비평』을 통해 시를 발표하기 시작했다.

사랑이라는 게 정말 알다가도 모를 거라지만, 당신이 나를 사랑하심도 정말 알다가도 모르겠다. 당신은 나를 사랑하고 사랑해서 그러시는데, 때때로 그 사랑이 나를 의아하게 한다. 한밤에 곰곰이 당신 생각을 하게 한다. 나는 어떻게 기록해야 할까. 나를 살찌우다가도 드물게 체하게 하는, 이 사랑을. 한없이 순수한 이 내리사랑을.

사랑만큼이나 모를 사람 일

이 모든 기록의 시작은 어쩌면 고구마 때문인지도 모르겠다.

그러니까 나무토막 고구마구이가 이 사달의 시작이었다.

트위터에 올라와 소소하게 유행했던 나무토막 고구마구이를 아는지. 껍질을 벗기고 토막 낸 고구마를 에어프라이어로 180도에서 20분간 돌리면 잘 마른 장작 같은 모양새의 고구마구이가 된다. 겉은 바삭하고 속은 포슬포슬한 고구마구이에 약간의 버터를 녹여 먹으면 그렇게 맛있을 수가 없다. 이번 겨울 나는 나무토막 고구마구이에 빠져 있었고 그날도 간식으로 고구마구이를 해 먹어야겠다고 생각하면서, 누워 있었다. 유독 만사 귀찮은 날이었다. 그럼에도 고구마구이는 먹고 싶어서 동생을 졸랐고 당연하게도 동생은 내 부탁을 들어주지 않았다. 그렇지 네가 내 말을 들으면 네가 아니지, 하면서 됐다 됐어 내가 한다, 넌 얻어먹을 생각 절대 하지 마라, 하고 마루로 나가 바닥에 놓인 고구마를 드는데, 억! 하고 허리를 삐었다.

세상에. 진짜 억! 소리가. 입 밖으로 내진 않았지만 속에서 절로 억! 소리가 났다. 난 한 손엔 고구마를 다른 손으론 허리를 짚고 식탁 의자에 앉았다. 이거 예삿일이 아니다. 바로 엄마에게 전화를 걸어 나 고구마를 들다가 허리를 삐었어, 아니 장난 아니고 진짜로, 라고 하자 엄마는 집에 고구마가 한 상자나 있는 것도 아니고 분명 달랑 두세 개의 고구마가 남은 걸 보고 나왔는데 그걸 들다가 그랬느냐고 여러 번 물었다. 그래서 나는 두세 개의 고구마가 아니라 딱 한 개의 고구마를 들려고 허리를 숙이다가 그렇게 됐다고 답했더니, 엄마는 한참을 웃으며 믿지를 않다가…… 내 반응이 심상치 않자 그제야 동네 한의원에 빨리 가보라고, 다녀와서 전화하라고, 일찍 들어오겠다고 했다.

한의사는 침착했다. 할머니 단골 한의원의 한의사로, 할머니가 당신의 이름을 몇 번이나 말씀하시며 그런 당신의 외손주딸이 허리를 다쳐 아주 큰일 났다는 호들갑스러운 전화를 받고도 그랬고, 또 그에 걸맞게 내가 동생의 팔을 붙들고 야단법석을 떨며 진료실에 들어오는 모습을 보고도, 그랬다. 그래서 마음이 좀 놓였다. 한의사는 근래 이렇게 허리를 다쳐 오는 젊은이가 많다고 했다. 요즘 활동량이 적고 갑자기 추워져서 그렇다고 빠르면 일주일 오래가면 2주 정도 누워 있으면 된다고 했다. 정말인가요. 믿어도 되나요. 이렇게 몸을 못 가누는

데 진짜 2주면 될까요. 이런 말을 직접 하는 건 좀 쑥스러워서 속으로만 끊임없이 물으며 전기침을 맞고 물리치료를 받았다.

참 사람 일 모를 일이지.

한의사가 알려준 허리에 좋다는, 두 무릎을 세우고 천장을 바로 보는 자세로 누워 생각했다. 진짜 사람 일 모를 일이야. 그즈음 매너리즘에 빠져서 정신적 요양이 필요하단 생각을 하긴 했지만, 진짜 요양을 하게 될 줄이야. 그런 생각에 빠져 있는데 마침 친구에게서 메시지가 왔다. '내가 오늘도 술을 마시면, 좀 그렇지?' 여느 날 같았다면 '좀 그렇지, 친구야. 그래도 퐁당퐁당 하루는 걸러야 되지 않겠니'라고 보냈을 텐데. 세상에, 친구야. 현대인의 건강 식재료 고구마를 들다가도 이렇게 되는데, 사람 일 정말 모르는데, 술 하루 더 마시는 게 대수겠니, 하는 마음을 담아 '소주병 들다가 허리만 다치지 말렴' 하고 보내자, 친구가 정말로 좋아했다. 이렇게 좋아할 줄 알았으면 종종 그렇게 보내줄 것을.

그저 나무토막 고구마구이가 먹고 싶었을 뿐이었는데. 공교롭게도 나는 연말 대부분을 누워 지내야 했다. 그것도 본가,

인천집에서. 애초에 서울의 자취방에 있었으면 고구마도 에 어프라이어도 없었을 테니까, 이런 상황도 벌어지지 않았겠 지, 라는 생각을 하면서도 한편 오랜만에 아프다는 핑계 김에 가족의 관심을 받는 게 그리 나쁘지가 않아서, 나 지금 이 상 황을 좋아하나? 몸을 못 가누는 이 상황을? 나도 내가 알쏭달 쏭한 채로.

나를 살찌우시네, 이 사랑

나는 알쏭달쏭했지만, 우리 가족은 내가 인천집에서 오랫 동안 지내게 된 걸 좋아했다.

물론 할머니도.

나는 안다. 할머니는 나를 좋아하신다. 내리사랑이자 내 리사랑과 조금 다른 사랑으로 나를 좋아하신다. 나는 그걸 어 느 날 사과를 먹다가 눈치챘다.

식탁에 둘러앉아 점심인가, 저녁인가를 먹고. 그렇게 식 사가 끝나면 동생은 쏙 하고 제 방에 들어가고 보통 엄마와 할머니와 내가 남는다. 그러면 과일을 좋아하시는 할머니는 냉장고에 있는 과일 어느 것을 가져오라 하시고, 혼자 자취하며 과일을 자주 못 먹는 나는 냉장고에 가서 과일 어느 것을 가져온다. 그날은 사과였다. 과일을 좋아하지 않는 엄마는 그저 사과를 뽀득뽀득 씻어 쟁반에 칼과 함께 건네고 나는 그것을 받아 할머니께 내어드린다. 나는 칼질이 어려워. 그러면 할머니는 사과를 둑 둑 잘라 나에게 먼저 주시는데, 할머니, 나는 사과를 형광등에 비추면 그 빛이 투과될 정도로, 똑 똑 앞니로 잘라 먹을 수 있을 정도로 잘라주면 안 되나? 했을 때, 나는 알게 되었다. 얘는 언제까지고 이렇게 사나, 살 수 있으려나, 기지배가, 이렇게 아무것도 할 줄 모르는 기지배로도 괜찮은가, 하는 눈빛. 그리고 당신은 그럴 수 없었지만 네가 그럴 수 있으면 그렇게 살아보라는 눈빛으로, 이빨 없는 애처럼 먹는 게 그리 좋으냐, 하며 둑 둑 사과를 썰어주셨지. 그날의 그 사과와 눈빛이 내리사랑과는 다른 종류의 사랑이었으려나. 그랬을 거란 생각이 들지만.

대부분은, 보통의 내리사랑이었다. 가령

직접 쑨 도토리묵, 고구마묵을. 식구들은 맛나게 먹었는데 못 먹여 눈에 밟혔다는 박대나 먹갈치구이를. 날이 추우니

김치속대를 지지자. 새우젓국을 하자. 마침 엄마 친구에게서 얻어 온 김치가 알맞게 익어서 보쌈을. 거기에 작은 숙모가 친정에 갔다가 얻어 온 순무김치가 잘 어울릴 것 같아 꺼내고. 비가 오면 부들부들하게 부침이를, 아무것도 넣지 않은 부침이를 좋아하는 사위 입맛에 맞춰 꼭 몇 장은 하얀 부침이를. 야식으론 오징어숙회를, 아침으론 오징어콩나물국을. 입맛이 없으면 멸치국수를, 비빔국수를. 간식으론 할머니가 좋아하는 그 집 떡을, 집 앞의 꽈배기를. 무슨 꽈배기가 세 개에 1000원밖에 안 해, 또 그걸 무슨 8000원어치나 사 왔냐? 놀라면서도 순식간에 꽈배기를. 그리고 옥수수밥을. 할머니가 웃다가도 눈물 훔치는 옥수수밥을, 먹었다. 인천집에서 먹고 맛 들려 서울에 올라가 혼자 해 먹다가 그 맛이 안 나서, 아니 왜 내 옥수수는 톡톡 터지지 않고 힘이 없지? 종자가 다른가? 이런 말을 엄마에게 했더니 그게 할머니에게로 좀 짠하게 전달돼 그게 얼마나 먹고 싶었으면, 옥수수밥이, 그게 얼마나 먹고 싶었으면, 옥수수밥을, 계속 옥수수밥을,

먹이셨던 것.

엄마와 할머니는 나를 마치 어디 가서 밥도 못 얻어먹고

사는 애처럼 대하며 번갈아가며 먹였고 나는 그게 또 밑지는 일은 아닌지라 부러 더 집에선 참기름, 들기름도 맛있네…… 따위의 말을 보태가며 짠하게 굴기도 했는데. 사실 나는 밥을 먹으면서 내가 배가 고팠다는 걸 알게 됐다. 먹을 때에야 비로소 내 속에 채워지지 않은 허기가 계속 커지고 있었다는 걸 알게 된 것인데, 그런 건 좀 멋쩍기도 해서.

손 가는 만큼 사랑이라면, 김밥이야말로

정말 뽀얗게 살이 올라 눈이 잘 안 떠져 실눈인 채로 한의사가 알려준 허리에 좋다는 자세로 누워 텔레비전을 보는데, 연예인 관찰 프로그램 재방송이 나왔다. 한 가수가 컴백을 앞두고 허리를 다쳐 몸을 가누지 못한 채 하루를 보내는 편이었는데, 그 모습이 지금의 나와 꼭 같았다. 예전에 저 프로그램 본방송을 봤을 땐 저 가수의 고통은 모르고 그저 그 모습을 안타깝게만 봤었는데, 내가 아프고 나서 보니 눈물이 다 났다. 그래도 저이도 저러다 지금은 쾌차해서 격한 안무를 다 소화하는데, 나도 괜찮아지겠지…… 그런 생각으로 한 일주일 정도를 보내니 다치기 전과 같은 상태는 아니지만, 그래도 허리 통증이 차도를 보였다. 그러는 동안 집에서 해 먹을 수 있는 건 다 해 먹고, 퐁당퐁당 배달도 시켜 먹으니 마땅히 더 먹고 싶은 게 없어서, 이젠 뭘 먹을까 궁리를 해야 할 상황이 되자 김밥. 김밥이 떠올랐다.

김밥을 한 번도 직접 해 먹어본 적이 없어서, 어렴풋이 기회가 되면 한 번은 해봐야지 생각하긴 했었는데. 마침 허리에 좋다는 자세로 누워서 SNS를 보다가, 중학생 때 친했던 친구의 아기 사진을 봐서, 그 친구 때문에 떠오르는 예전 기억이 있어서, 별건 아니고, 그때 엄마와 떨어져 살 때 학교에 김밥 싸 갈 일이 있어서, 그 친구가 내 사정을 알아서, 친구의 어머님이 내 김밥까지 싸주겠다고 하셨을 때, 괜찮습니다, 하고 단호하게 거절했던 기억이 두고두고 생각나곤 해서, 어린 시절의 나는 왜 그렇게밖에 거절하지 못했을까, 생각이 꼬리에 꼬리를 물고……. 그러니까 소일거리가 필요해. 김밥을 해야 겠다고 나서게 됐다.

그리고 할머니는 싫다고 하셨다. 하지만 난 알았지. 동생과 내가 마트에 다녀오면 할머니는 함께하실 거라는 걸. 그리고 역시나 내가 복대를 차고 동생과 김밥 재료를 사러 마트엘 다녀오니, 할머니도 복대를 차고 지단을 부치고 계셨다.

할머니는 복대를 차고 불 앞에서 지단을 부치시고 나는 복대를 차고 식탁 의자에 앉아 햄을 반듯하게 썰었다. 동생은 복대를 차지 않고 맛살 포장지를 벗겨 쟁반 위에 놓고 그보다 더 많은 걸 입에 넣고. 할머니가 지단을 다 부치시면 이번엔 내가 복대를 차고 불 앞에서 자른 햄과 채썬 당근을 달달달 볶고 할머니는 지단을 둘둘 말아 써신다. 동생은 우물우물 맛살이나 햄을 씹으며 참기름과 소금과 깨를 챙기고. 넓은 쟁반에 소복이 맛살과 햄이, 단무지와 둘둘 말아 썬 지단이, 기름에 달달달 볶은 당근이 쌓이고. 시금치를 사 왔어야 했는데. 할머니는 채우지 못한 녹색이 아쉬워서 여러 번 시금치 말씀을 하시고, 이제 밥을.

볶아야 한다.

그게 비결이야?

비결은. 할머니가 웃으시고.

할머니 대신에 내가 프라이팬에 다진 소고기와 당근을 먼저 달달달 볶다가 밥을 볶는다. 이렇게 밥을 볶아야 한다. 색이 얼마나 고운지, 밥도 속도 다 한 번씩 볶으면, 한여름에도 할아버지 김밥만 쉬지 않고 고대로 맛이 있었다. 일꾼들이 모두 모여 점심 도시락을 열 때, 다른 이들의 도시락은 다 쉬어 터져도 할아버지의 도시락만은 고대로 맛있었다고, 할아버지는 나무를 지고 돌아와 말씀하셨다고. 할머니는 김을 펴고 색이 예쁜 밥을 깔고 쌍금반지를 낀 손으로 속을 채우시며, 지금이야 상할 일이 없겠다만은, 그때는, 하시며 김밥을 마셨다.

그런데 왜 할머니는 할아버지를 할아버지라고 부르지? 내가 이런 말을 하면

그럼 뭐라고 불러? 할머니는 이런 말씀을 하시고

아니, 할아버지는 내가 불러야 할아버지지. 할머니는 왜 할아버지지? 또 이러면

아, 늙으면 다 할머니고 할아버지지. 할머니는 손에 참기름을 붓고 방금 만 김밥에 슥슥 바른 뒤 숭덩숭덩 잘라 내 입에 동생 입에 당신 입에 넣으신다. 입 다물라는 뜻으로.

김밥은 정말로 맛있었다. 심심하니 꼬숩고. 자꾸 먹으면 이따가 엄마 아빠 줄 거 없대도, 동생은 김밥은 통째로 먹어야 맛있다며 통째 들고 저거 마시는 건가, 김밥을, 할 정도로 먹으면서도 쟁반 위로는 김밥이 피라미드처럼 쌓이고. 니네 엄마가 퇴근하고 오면 좋아할까? 괜한 거 벌였다고 또 잔소리할까? 하며 할머니는 그 시절 강화도에서 제일 유명했던 김밥을, 할머니의 세 아들과 한 명의 딸이, 지금의 두 아들과 한 명

의 딸이 이 김밥을 얼마나 좋아했는지를, 계속, 김밥을 말면서도, 계속, 그러나 조금씩 다르게, 말씀하셨다.

그런 이야기는 아무리 들어도 질리지 않지. 나는 김밥을 씹으며 그 시절 장승 같던 할머니와 부지깽이 같던 할아버지를 상상했다. 이렇게 말하면 할머니는 싫어하시겠지만, 할머니는 키와 골격이 컸고 그에 비해 할아버지는 체구가 작은 사람이었으니까. 난 어렸을 때도 할머니의 그런 점이 멋졌으니까. 강화도의 꽤 큰 집 주인이었던 할머니와 데릴사위였던 할아버지를. 일평생 일이라곤 나무를 몇 번 지고 나른 게 다인 할아버지를. 그럼에도 나무 지러 나간다, 하면 그게 다행인지라 김밥을, 강화도에서 제일 맛있는 김밥을 싸주시는 할머니를. 곁에서 그걸 얻어먹는 엄마를. 내가 보지 못했지만, 이미 충분히 내 몸속에 있을지도 모를 일들을 상상하는 것이 좋았다.

그러나 이 사랑은 내게 의문점을 남긴다

저는 이렇게 잘 먹고 잘 지냈답니다.

이와 같이 끝맺으면 좋으련만 그렇게 되지 않았다. 나는 홀랑 서울로 올라와버렸다. 그렇게 갑자기 간다고? 왜 더 쉬다가 허리 좀 마저 괜찮아지면 가지? 이런 말을 뒤로하고, 벗어나야겠다고 다짐한 사람처럼 단박에 서울로 올라왔다.

잠을 푹 자러 가야겠다고, 생각하면서.

인천집에서 나는 할머니와 같은 방에서 잔다. 할머니는 침대에서 나는 바닥에 이불을 펴고서 자는데, 당연히 불편하다. 평소 침대 생활을 하다가 바닥에서 자는 것도, 잠귀가 밝은데 할머니의 잠꼬대와 코골이를 듣는 것도, 할머니와 취침 시간이 맞지 않는 것까지도 모두 불편하다. 하지만 이런 것들은 결정적인 불편함이 아니다. 이런 것쯤은 괜찮다. 내가 제일 괴로운 것은 낮과 다른 할머니 모습이다.

내가 좋아하는 장승 같은 할머니의 모습은 해가 지면 사라졌다. 밤의 할머니 모습은 달랐고, 그 밤의 시간이 점점 길어지는 듯했다. 그래. 사실 이번에 인천집에 머물면서 그런 기미를 보았다. 뜬금없이 잘 챙겨 드시던 약을 먹지 않겠다는 말씀을. 늙은이는 다 보기 싫냐는 말씀을. 여기에 나 죽으면 울 사람 없다는 말씀을. 전에는 하지 않았던 다른 가족을 떠보는 말씀을, 하셨다. 그러다가도 잘 지내셨고 그러다가도 일부러 식사를 안 하겠다고 고집을 피워서 어르고 달래면 또 즐겁게 식사를 하셨다. 그러나 밤이 되면 그런 말씀만을 끊임없이 하셨다, 나 들으라고. 분명 당신은 혼잣말이지만, 거기에 있는 너 들으라고.

그날 새벽에는 무슨 말씀을 하셨더라. 시작은 꿈이었다.

길을 막고 서 있더라, 할아버지가, 사납게 날 노려보며, 꾸역꾸역, 뭘 자꾸 먹는 거라, 보니까, 감자를, 생전에도 좋아하지 않던, 감자를, 허겁지겁, 제사를 안 지내서 그런가, 안쓰러워, 내 것도 먹으라고, 건네는데, 저 아래로, 데굴데굴, 이 양반은 사납게 쏘아보고, 금방 주워 와야지, 그래야지, 하는데 쑥쑥, 꿈에서도 다리가 쑥쑥, 아파서 가질 못했다.

이게 무슨 꿈이냐. 죽으려나 보다. 내가 죽어야지. 섧디섧다. 어서 죽어야지. 이렇게 가려나 보다. 불쌍하냐? 넌 네 할매 불쌍하지도 않냐? 나쁜 년. 말해봐라. 이게 무슨 꿈이냐…… 를 밤새도록 하시고. 나는 대꾸를 하지 않고. 저러다가 잠드시기를 기다리다가 문득 그런 말씀들이 떠올랐다.

동생보다 네가 좋다는 말씀이. 밥을 먹으면 쏙 제 방에 들

어가는 동생보다 뒷정리를 자처하는 네가 좋다는 말씀이. 아
주 마음에 들게 숟가락, 젓가락을 놓을 줄 아는 네가 좋다는
말씀이. 저 새끼처럼 방문을 닫고 이 할머니 뭐 하나 거들떠
보지 않는 게 아니라, 말벗을 하는 네가 좋다는 말씀이. 그러
므로 네가 집에 있는 게 좋다는 말씀이 떠올라서.

이 밤의 저 말씀을 내게 하시는 것도, 당신이 나를 더 사
랑하심에 그러시는 건가.

모르겠다. 나는 당신의 사랑과 사랑과 사랑을 어떻게 소화
해야 할지 모르고, 그 때문에 때때로 잠을 이루지 못한다. 한
없이 내어줄 듯한 사랑과 당신이 모르는 삶에 대한 사랑을, 그
러다가도 별안간 전형적인 상처를 주는 이 사랑은 무엇인지.

다만 내가 아는 건, 이 알 수 없는 사랑이 나를 생활하게 한
다는 것. 이 사랑이 나의 살과 기립근을 이뤄 날 일으키고 허허
벌판에 홀로 서 있을 때에도 아주 혼자는 아니게 한다는 것. 그
러므로 아주 먼 길을 걷는 데에도 끄떡없게 한다는 것을, 안다.
이 정체를 알 수 없는 사랑이, 나의 생활과 건강을.

미안하지만
아직 안 죽어 ——————————— ○

○
강
혜
빈

강혜빈

뉴노멀이 될 양손잡이.

2016년『문학과사회』를 통해 시를 발표하기 시작했다.
시집『밤의 팔레트』를 냈다.

KF94 마스크를 쓴 미래에서,

시간을 넘나들며 지난 나들을 들춰 본다.

이것은 자주 솔직하고 자주 절망하지만,

끝내 씩씩하게 걸어가는 한 사람에 대한 이야기다.

파이브 잡five job 인간의 생활

※ 다음 보기 중에서 가장 슬퍼지는 일을 고르시오.

a) 시인

b) 사진작가

c) 브랜드 마케터

d) 강사

e) 불문학도

K는 다섯 가지 직업을 가진 인간이다.

이 세계에서는, 아쉽게도 인간이다.

이런 인간 처음 봤죠? 저는 처음 봤어요.

이전에 본 적 있다면, 랜선으로 어깨를 토닥여드립니다.

K는 일단 서두른다. 또 다른 '나'를 입고, 오전 10시까지 출근해야 하므로.

아침에는 씹어 먹는 비타민 세 알과 오메가 젤리 두 알, 신선한 과일을 먹는다. 대부분 방울토마토나 사과대추, 하얀 복숭아 같은 것이다. 제철 과일은 맛 좋고, 살다 보면 다양한 분파들을 만난다. 참고로 K는 물렁물렁 말랑말랑 복숭아파 사이에서 쓸쓸하게도 딱딱한 복숭아파에 속해 있다.

그렇다면 당신은?

이 계절에 먹은 복숭아는 모두 물컹하고 물렀다. 그리하여 손에 단물이 줄줄 흘러내렸고, 앉은자리에서는 차마 해치우지 못해 탕비실에 서서 우물거려야 했다. 물론 더할 나위 없이 부드럽고 촉촉하다. 물 많은 복숭아의 아름다움을 아는 당신의 안목 또한 아름답다. 그러나 K는 편의성 면에서 상큼하고 깔끔한 '딱복'을 찾게 된다. 아삭아삭 식감 좋은 탓에 혼자서 먹는 편이 좋지만.

탕수육 소스 운용법. 찍어 먹기, 부어 먹기, 심어 먹기까지. 민트 초코와 하와이안 피자 논란도 이미 지루하다. K는 좀 더 신선한 논의와 분파가 나타나길 기다린다. 너는 그렇구나, 나는 이래! 하는 세상. 호불호와 다름에 대해 치열하게 부딪치는 세상. 차이점에 대해 이야기하다 보면 아마 평생 밤을 새울지도 모른다.

인간은 자기중심적인 특성 때문에, 자신과 다르면 일단 이상하게 보곤 한다. K 또한 인간이므로, 그렇게 생각한 적 있다. 내게 무해하고 귀여운 고양이도 누군가에겐 두려운 맹수

일 수도 있듯. 이해되지 않음으로써 우리는 서로를 이해할 수 있다. 같은 아이스크림 컵에 담긴 민트 초코를 친구가 싫어하면, 내가 다 먹으면 된다. 하와이안 피자 위에 놓인 뜨끈 달콤한 파인애플은 좋아하는 친구 다 주면 된다. 우리는 다름으로부터 타협을 배울 수 있다. 퍼즐을 맞추어가듯이. 각자 좋은 거 하면서 살면 된다. 만약 좋아하는 게 같다면? 호들갑 떨면서 같이 좋아하면 된다. 논의는 투쟁이 아니다. 그다음엔 무엇이 있을까? K는 호시탐탐 노려본다.

가끔 일찍 채비를 마치고 나설 때에는, 빵집에서 콥 샐러드나 요거트 같은 걸 산다. 일찍 일어난 새 인간들에 의해 샐러드가 동나면 플랜 B로 변경. 호밀 샌드위치와 두유를 산다. K는 스무 살 때, 식품영양학을 전공한 적 있다. 때문에 영양소를 따져 먹는 것은 습관이 되었지만, 그것도 머리에 힘주고 살지 않으면 그냥 맛있는 걸 먹게 된다. K의 삶은 어쩌면 시즌제다. 시즌 1에는 건강식을 유지하는 바짝 비건 인간이 되고, 시즌 2에는 아무튼 그냥 맛있으면 장땡 인간이 된다. 가끔은 주사위 던져서 나오는 숫자대로 사는 인간이 되기도. 시즌 3에는…… 뭐가 될지 아무도 모른다.

미루던 운동을 다시 시작했다. 이 결심 또한 시즌제로 운영된다. 운동이란 무릇 그런 거 아닌가. 하면 좋은 걸 알지만 습관이 되지 않으면 쉽게 그만두게 된다. 근육은 쓰면 쓸수록 단단해진다는데, 딱딱한 복숭아는 어떤 근육으로 이루어진 걸까? 습관이 무섭다. K의 신조는 무언가를 이루고 싶거나 하고 싶을 때, 습관부터 만들자는 것이다. 그래서 일단 시작하고 보기로 한다. 뇌가 생각이란 걸 시작하기 전에, 일단 몸을 먼저 움직인다. 그래야 미루는 것을 멈출 수 있다. 이것은 스트레스와 완벽주의에 대한 두려움을 피해 미루고 또 미루던 K의 지난날에서 얻은 팁이자 빅데이터다.

이전 회사를 다닐 때에는, 퇴근하고 필라테스를 했다. 기구 필라테스나 일대일 강습은 너무 비싸서, 단체 수업을 들었다. 게다가 체험해보았던 개인 강습은 조금 부담스러웠다. 선생님이 너무 바짝 붙어 있거나, 집중된 상황은 무언가 그렇다. 자세를 봐주려면 어쩔 수 없지만. K가 배운 것은 매트 필라테스로, 선생님과 수강생들 사이에 거리가 있었다. 스스로 몸의 체중을 이용하는 동작들로 진행되었다. 선생님이 돌아다니다가 K의 자세를 보고는 칭찬을 종종 해주신 걸 보니 본인도 모르는 소질이 있던 모양이다. 필라테스가 즐거웠던 건 무엇보다 선생님의 우렁찬 목소리가 좋아서였다. 약간 긁히는 쇳소리가 나는 허스키한 목소리. 운동하는 여성을 가까이서 볼 일이 없어서인지 멋지게 느껴졌고, 하루 종일 시달린 노동의 스트레스를 잠시 잊을 수 있었다.

몸을 움직이면 단순해진다. 단지 근육과 자세, 호흡에만 집중하는 동안에는 아무런 생각도 없다. 그저 살고 싶을 뿐이다. 선생님은 악마인 게 분명해, 음모론을 펼치지만. 운동이 끝나고 나면 땀에 젖은 수건마저 아름다워 보인다. 따뜻한 물로 샤워하고 나면 복잡했던 생각도 씻겨 내려가고, 정리가 된다. 그래서 K는 의욕이 생기지 않거나, 마음 에너지가 바닥을 칠 때 일단 샤워를 한다. 목에서부터 등까지 흘러내려가는 물줄기에 기분을 맡겨본다. 그러고 나면 절반 이상의 확률로 조금은 누그러진다.

아무튼 그렇게 즐거웠던 필라테스 생활은, 이직을 하면서 그만두었다. 그리고 이번에는 웨이트 트레이닝을 시도하기로 했다. 퇴근하고 역에서 내리면 바로 보이는 여성 전용 피트니스 센터. 아주 높은 강도로 하루에 30분만 운동하면 된다니, 이만큼 효율적인 것이 또 있을까. 짧고 굵게 가자. 반신반

의했지만 근육왕이 되고 싶다는 비장한 각오로 3개월을 등록했다.

회사로 돌아온다. K의 직책은 브랜드 마케터. 어쩌다 보니 입사 후, 1년도 되지 않아 팀장으로 빠르게 승진을 하게 됐다. 직속 상사가 시키지 않은 일까지 알아서 착착 해내는 일중독 인간을 알아본 것이다. 쓸데없이 눈치 빠르고, 나서서 일 잘하는 사람이 뭐든 떠안게 되는 구조다. K는 조별 과제를 할 때에도 늘 조장을 도맡았고, 프레젠테이션 또한 완벽하게 끝내야 직성이 풀렸기 때문에 일에 매몰되어 돌아가는 상황이 익숙했다. 학부 시절엔 과대표를 해본 적도 있다. 지금 돌아보면 정신 건강에 무척 큰 영향을 미친 사건이라 약간 회한이 몰려오지만, 그래도 좋은(나쁜) 경험이었다, 라고 퉁치자.

K는 이번 생에 계획형 인간으로 설계되었다. 사실은 즉흥적 인간이었던 시절도 있다. 직장 생활을 하면서 변모한 것이다. 조금 보태어 말하면 사회에서 살아남기 위해 진화한 것이라 볼 수 있다. 업무를 시작하기 전, 우선 시간대별로 계획을 세운다. 급하고 중요한 순서대로 처리하고, 동료들에게 일거리를 나눠주고, 그들의 스케줄을 관리하며, 새로운 이벤트와 행

사를 기획하고 많은 이들과 대화한다. 영상 컷 편집본에 대한 코멘트를 주고, 한 달에 서너 번쯤, 외근을 나가기도 한다. 나가서는 인터뷰를 하거나, 사진이나 영상을 촬영하고, 직원들에게 마케팅 교육을 한다. 그렇다. K는 파이브 잡 인간이기도 하지만, 파이브 툴 플레이어이기도 하다. 회사에서는 노동자로서 주어진 임무만 수행하면 되었는데, 점점 잘하고 싶어졌다. 이 망할 놈의 열정!

짬이 나면 매일 비슷하지만 자세히 보면 미묘하게 다른 친구들의 일상을 듣는다. 근무 중에는 무엇이든 재미있다. 그냥 벽만 보고 있어도 재미있을걸. 그래도 할 일 없이 앉아 있는 건 딱 싫어한다. 할 일 있을 때, 은은한 죄책감을 느끼면서 딴짓하는 게 세상 재밌다. 퇴근 시간은 오후 7시지만, 정시에 일어서는 일은 거의 없다. 어느 날에는 불 꺼진 사무실에 혼자 남아 밤까지 앉아 있다가, 이상하게 서러워서 눈물을 줄줄 흘린 적도 있다.

퇴근길에는 아무 데나 서서 구름을 본다. 오랫동안 본다. 버스 정류장으로 가는 길목에 커다란 나무가 한 그루 있는데, 껍질은 흰색이고 군데군데 거뭇하게 벗겨져 있다. 아주 거대한 세계를 마주하는 기분. 무언가 압도되어 빨려들어가는 기분에 몸과 마음이 많이 소진된 날에는 일부러 나무를 피해서 걸었다. 자꾸만 K에게 무언의 신호를 보내는 것 같아, 나무를 보고 시를 쓴 적이 있다.

집에 돌아오면 새로운 출근이다.
와, 신난다!

시 쓰고 산문 쓰고 사진 작업을 한다. 일주일에 한 번은 과외를 하고, 또 주말에는 시 수업을 하러 합정에 가고, 스튜디오로 촬영도 종종 하러 간다. 잊지 말아야 할 것은, K는 불어와 불문학을 전공하는 학생이라는 점이다. 우선순위를 잘못 둔 바람에 F학점을 맞는 기쁨을 누리기도 했다. 그리하여 한 해 늦게 졸업하게 되었다. 그나저나 K는 어떻게 살아 있을까? 그의 몸은 몇 개일까? 모르겠지만, 확실한 것은 그는 인간이라는 점이다. 만나는 이들마다 묻는다. "많이 바쁘시죠?"

과도기 인간의 생활

그런 날이 있다. 거울 속 모습이 하염없이 낯설어지는 날. 싱겁고 정갈한 음식을 먹고 싶은 날. 투박한 꽃다발과 손 편지를 받고 싶은 날. 마음 나눈 동료들이 하나둘 떠나가고, 속수무책 비는 내린다. 좋아하는 노래와 좋아하는 음식과 좋아하는 영화와 좋아하는 모든 것들이, 너무 선명해졌다가 이내 물에 젖은 듯 흐릿해진다. 아직도 비가 오나요? 내일은 맑을까요? 주말에는 한강에 가시나요? 그런 물음들도 떠내려간다. K의 자리에는 여러 가지 향의 핸드크림이 있다. 기분에 따라 이것을 바르고 저것을 바르고. 그러다 보면 해가 진다.

오늘은 프라하에서 산 맥주 핸드크림을 발랐다. 스스로 손을 너무 자주 씻는다는 걸 알고 있지만. 그 정도는 너그러워질 수 있다. 여름날의 공기는 축축하다. 물기들과 친해지려 했으나 실패했다. 싫은 것들을 싫어하지 않기 위해서는 많은 날들이 필요하다.

여전히 구름들은 예민하다. K는 날씨의 영향을 받지 않는 인간이 되고 싶었다. 날씨 이야기를 하지 않는 인간이 되고 싶었다. 혼자서 가는 퇴근길, 사람들은 울적한 우산들을 잃어버린다. K는 언제나 가진 우산이 없다. 발아래 흐르는 빗방울마저 안타깝다. 이토록 사랑 많은 인간은 또 다른 장면들을 사랑하기 시작하겠지. 말하지 않아도 알 수 있는 것들을 굳이, 굳이 말하고 싶었다.

K는 불가능할 것 같던 마감을 한다. 이런 날은 잦다. 어쩐지 살아 있음이 새삼스럽다. 다른 사람들은 어떻게 살아 있을까? 가끔 숨 쉬는 법을 잊어버리고. 엇박자로 걷다가. 돌연 모든 것이 선명해진다. 세계가 너무 흐리멍덩하고. 멍청이 같다.

영혼 한 방울에 어떤 얼굴은 지워지고. 두 방울에는 원점으로 돌아와 조용해진다. K의 모서리 어느 한 부분은 뭉툭해졌다. 시간이 지나면 또다시 자라날. 모서리와 함께. 여름 내내 시일곱 편을 썼다. 호흡과 리듬이 머리카락처럼 손톱처럼 자란다. K는 자주 다르다. 어떤 이는 볼 때마다 다른 사람이 되어 있는 것 같다고 말했다.

인간은 기억함으로써 어제들을 차곡차곡 쌓아둔다. K는 손에 잡을 수 있고, 오랫동안 곁에 두고서 회상할 수 있는 물건을 좋아한다. 자주 쓸 수 있는 안경이나, 옷이나, 신발, 반지 같은 것들. 늘 어딘가에 기억을 심어둔다. 계속 되풀이해서 너덜너덜해진 기억들도 있다. 물건들도 그저 물건으로 남는다. 시간이 오래 흐른 뒤, 어떤 장면이 진실이었는지 알 수 없게 될 때가 있다. K는 혼미해지지 않기 위해, 감정에 동요하지 않고 차분히 바라보는 연습을 해왔다. 어떤 말을 한 사람은 사라지고, 그는 남아 있다. 기억하지 않으면 그 말들도 사라진다. 과거에 살고 있는 아이들을 오늘로 데려오자. 검은 생각이 내부를 갉아먹기 전에. 너무 투명한 유리벽은 실수로 부딪힐 수 있다.

다만 달고 긴 잠을 잘 수 있기를. 부드러운 입술로 사랑을 말할 수 있기를. 어렴풋이 해가 밝아오는 이 시간이 두려워지지 않기를. 오지 않은 미래는 알 수 없지만. 무지개가 반짝일 거라고 믿기를. 그렇지 않으면 K는 삶을 지탱할 자신이 없었다. 연인의 눈꺼풀이 나의 눈꺼풀이 되어버릴 때. 모르게 흔들리는 나무를 보며 제목을 짓고 있을 때. 옆방의 통화 소리가 물속에서 들리는 것 같을 때. 이러다 죽을지도 모른다는 기분이 뭔지 너무 잘 알겠고. 사람이, 사랑이, 삶이 아름답고 탁했다. 창을 열고. 빗소리를 듣는다. 바깥 어딘가 지나간 내가 비를 맞고 있을 것 같다.

강혜빈 ○ 미안하지만 아직 안 죽어

잠이 쏟아진다.

그러므로 모든 것은 기분에 불과하였다.

안정 인간의 생활

K는 오로지 스스로에게 집중할 수 있는 공간을 갖고 싶었다. 자신이 가진 것을 필요로 하는 이들과 나누고, 시와 사진만 생각하며 살고 싶었다. 산책도 하고, 늘어지게 영화도 보고, 가끔은 심심함을 느끼고 싶었다. 번아웃이 왔다는 것을 인정하고 싶지 않아서 더욱 열심히 달려왔다. N잡 생활 1년 차에는 기뻤고, 2년 차에는 여유가 생겼으며, 3년 차에는 이러다 죽을 수도 있는 거 아닐까 생각했고, 4년 차에는 삶의 전반을 다시 돌아보게 되었고, 5년 차에는 몸이 무섭도록 가벼워졌다.

완벽함이란 실제로 존재하는 것이 아닌, 허상에 불과하다. 그저 스스로 세운, 자신만의 기준일 뿐이다. 열정은 원동력이 되어 움직이게 하지만, 인간의 에너지는 유한하다. 그것을 간과해서는 아니 된다. 그래서 노동과 학업 또한 우선순위를 매긴다. 지혜롭게, 슬기롭게, 짜릿하게, 자신 있게. 무엇보다 우선이 되어야 할 것은 '건강'이라는 것을 깨달으며, 사랑하는 이의 죽음을 겪으며. 마치 아주 높은 곳으로 올라가 세계를 내려다보는 기분이 된다.

K는 어느 날, 퇴사를 결심한다.

K는 낯선 종류의 자유로움을 경험한다. 인간 관계에서, 언어와 호흡 속에서, 생활 루틴에서, 감정 컨트롤 부분에서. 다방면으로 안정적이고 환하다. 0에 수렴하는 느낌. '인생 어떻게 될지 모른다'라는 마인드로 지낸다. 예상치 못한 변화를 마주할 때 큰 도움이 된다.

무엇이든 좋아하는 일을 꾸준히 묵묵히 성실하게 해나가면 어떤 형태로든 발전한다. 힘겹고 지난한 어둠 속에서도 '나'를 잃지 않고 삶의 반짝이는 이면을 바라보는 이들을 응원하고 싶다. 내일이 기대되는 멋진 친구들이 많이 생겼다. 사랑의 힘으로 겸손하게, 나의 길을 가야지. K는 다짐한다. 죽음의 시절을 건너온 사람으로서 마주하는 세계는, 산뜻하고 달다. 이전의 그림자가 있었기에 가능한 일.

자유롭다.

"건강한 삶이 점점 내 것이 되어간다."

그렇게 쓰면 정말 그런 것 같아진다. K는 여전히 세계를 밀어내고 있지만. 동시에 나아가고 있다. 햇빛 아래 서면, 스스로 체감하는 '나'는 매우 가볍다. 긴 횡단보도에 서면 앞을 똑바로 바라볼 수 없어서 바닥을 보고 걸었다. 주먹을 꼭 쥐고. 건너편으로 가보자. 조금만 더 가보자. 타이른다. 세계가 나를 쥐고 흔들기 시작한다. K는 점점 오기가 생긴다.

괜찮아, 괜찮아.
미안하지만 아직 안 죽어.

건축하기 거주하기 사유하기 ──────── ○

○
박세미

박세미

시를 짓고 건축을 쓴다고 생각하며 산다.

2014년 서울신문 신춘문예를 통해 시를 발표하기 시작했다.
시집 『내가 나일 확률』을 냈다.

베개를 벽에 대고 침대 위에 앉아 일기를 쓰면서 방을 찬찬히 둘러보았던 그날. 내가 거기에 있고, 공간을 이루는 모든 것들은 나를 보좌하고 있었다. 창문에 맺힌 가로등 불빛, 이불의 도톰한 정도와 무게, 책상의 나뭇결과 금속으로 된 서랍장 손잡이, 라디오 디제이의 나지막한 음성 같은 평범한 것들이 고유한 감각의 자기장을 이루고 있었던 그날은 내게 다시 방이 생겼던 날이었다.

그러나 내가 짐을 싸고 새로운 방에 짐을 풀어놓기를 반복하는 동안, 열여섯 소녀의 손에 흔쾌히 잡혀주었던 풍선 같은 감정은 나를 놓기 위해 스스로 터져버렸다. 이사를 할 때마다 아빠가 잠깐이라고 말했기 때문에 우리 집 혹은 내 방은 늘 '지금 여기'에 있지 않고, '어딘가에 있을'지도 모르는 곳이었다. 그것도 희망이 어딘가를 비출 때 얘기다. 그것은 마치 함정에 빠졌다고 여기게 하는 힘이 있었다. 임시 거주자로서 언제든 지금 여기를 떠날 준비가 되어 있었으므로, 공간에 애정을 주는 법을 몰랐다. 몰라야 덜 불행했다.

어느 순간부터 나는 방을 방치하기 시작했다. 곰팡이가 피면 피게 두었다. 전선들이 꼬이면 꼬이게 두었다. 책상에 우유가 담긴 컵이 며칠씩 놓여 있어도 치우지 않았다. 방이 소화할 수 없는 많은 양의 짐을 집어삼키고, 빛과 풍경을 거부하며 호흡을 멈추어도 그대로 두었다. 방은 더 이상 나를 보좌하지 않았으며, 내가 업신여기는 만큼 나를 업신여겼다. 나의 처지를 최대한 실체화시키면서. 오지도 않은 미래를 가로막으면서.

몸을 피곤하게 굴리면 정신은 잠시 직무를 유기해도 되었다. 식당 아르바이트는 몸을 지치게 만드는 데 제격이었다. 꼬박 열두 시간 동안 주방 보조부터 홀 서빙까지 하고, 곧장 독서실 아르바이트를 하러 갔다. 총무실에 앉아 꾸벅꾸벅 졸다 보면 금방 새벽이 되었다. 퇴실하는 사람들은 의미 없는 낙서들, 혹은 지우개 가루를 남기고 갔다. 타인의 부스러기를 쓸고

닦는 게 나의 마지막 일과였다. 몽롱한 정신을 짊어 메고 새벽을 통과하여 집에 다다른 몸은 침대에 닿자마자 무너지곤 했다. 사실상 폐허와 다르지 않았다. 방이 있고, 내가 거기에 있지만, 그곳에 나의 생활은 없었으니까. 내가 좋아하는 것, 내가 추구하는 것, 나를 슬프게 하는 것들이 나의 곁을 떠나 바깥으로 흩어지고 마는데…… 나를 어디 가서 찾지?

건축학과에 들어갔다. 방과 화해하지 않으면서 건축과 손잡은 셈이다. 수많은 훌륭한 건축가와 건축물에 대해 배웠다. 그중에는 내가 건축을 사랑할 수밖에 없도록 부추긴 것들이 실로 많았지만, 특히 건축가가 자신을 위해 설계한 집에 관해 배울 때만큼은 내가 무엇을 하고 싶은지 선명해지곤 했다. 대지 위에 자신의 삶을 올려두고 미래의 일상을 평면과 단면으로 잘라보는 것. 그 상상을 현실의 손으로 구축하는 것. 마침내 공간 안에서 생활을 펼쳐놓는 것. 그곳에서 삶을 지속하는 것……. 그 과정이야말로 세상에서 이룰 수 있는 최대치의 행복 같았다.

그러나 더 큰 행복을 위해 지금의 명목 없는 행복을 유예시키는 자가 있다면, 멀고 불확실한 큰 행복 대신 눈앞의 소소한 행복을 움켜잡는 자가 있다. 인내심이라곤 없는 나는 대개 후자다. 학생 때부터 일찍이 건축이 요구하는 재능의 종목과 헌신의 강도 앞에서 나는 어렵지 않게 무릎을 꿇었다. 대지 분석이 귀찮아서, 프레젠테이션이 떨려서, 도면 그리는 게 복잡해서, 교수님의 크리틱에 상처받아서, 모형을 만들다가 손을 베서, CAD(2D 프로그램)는 해도 Rhino(3D 프로그램)는 도저히 배우고 싶지 않아서, 학교에서 밤새우는 게 싫어서…….건축의 손을 놓은 이유들이 한없이 궁색했던 걸 보면, 더 사랑했던 존재가 있었을지도. 건축가들을 존경했고 그들처럼 되고 싶었지만, 하고 싶다고 다 할 수 있는 것은 아니었다.

나는 약간 비켜서서 건축을 추종하는 자로 살기로 했다. 건축 전문 기자가 되었고 근 8년 동안 한국 현대건축가들 곁에서 그들의 작업을 지켜보았다. 그들은 조물주의 후손들 같다. 그들은 의자부터 도시까지 스케일을 마음대로 오간다. 아무것도 없는 땅에서 주변을 봄으로써 그 땅에 집적된 기억을 읽는다. 그곳에 있음직한, 있어야 할 존재들을 상상한다. 빛에 힘입어 형태를 만들고 질서를 부여한다. 원하는 감각을 실체로 변환시킨다.

집으로 돌아온 나는 다시 고약한 함정에 빠진다. 숭고한 얼굴을 하고 있는 건축이 사실은 세속의 자본을 먹고 자란다는 사실을 그저 모른 체하고 싶다. 그러나 어느 날은 너무나

의문스러워서 억울할 지경인 것이다. 나의 공간은 왜 이렇게 비루하기 짝이 없는 것이냐! 언제까지 더 나은 기분을 만들고자 카페로, 뮤지엄으로, 호텔로 나갈 것이냐! 나는 왜 건축가일 수도, 건축주일 수도 없는가! ('조물주 위에 건물주'는 결코 우스갯소리가 아니었다.) 내가 추종하는 건축과 나의 생활 공간은 이렇게 서로를 등지고 어디까지 멀어지려는 것일까?

내 몸이 머무르는 방과 내 머리에 머무르는 건축. 이 둘의 오랜 불화를 더 이상 막기 위해 나는 스스로에게 일종의 매니페스토를 내걸었다. '방은 건축의 시작'이며, '건축하기 거주하기 사유하기'는 하나라는 것. 전자는 건축가 루이스 칸의 것이고, 후자는 철학자 하이데거의 것이다. 20세기 두 거장의 지론은 근 10년간 거대한 관념으로 내 머릿속에 체류하다가 절박한 요청에 의해 동아줄처럼 내려온 실마리였다. 루이스 칸은 1971년에 그린 'The Room' 스케치에서 방이 건축의 시작이며, 인간의 구체적인 생활이 담긴 공간으로 표현했다. 그가 전개한 '방room'의 개념은 인간의 신체가 인식하는 둘러싸임의 감각으로 정의되는데, 이는 방을 단순히 막혀 있는 구조로써의 기능적 의미가 아니라 인간의 신체가 인지하는 공간으로 보는 것이다. 말하자면 방은, 한 사람이 한 시점에 어딘가에 머무를 때 물리적인 경계로 둘러싸이는 감각, 그리고 그 물리적 요소들로부터 자신의 존재를 의식하는 감각 그 자체인 것이다. 루이스 칸은 나아가 방은 단순히 건축만을 의미하지 않으며 방은 자신의 확장이라고 말한다. 그러한 방들이 모이고 관계 맺음으로써 건축은 그가 말하는 '방들의 사회'를 이루며 존재한다. 그러니까 자신의 확장으로서의 방, 즉 나를 둘러싸고 있다고 느끼는 물리적 요소들을 설계하는 것이 건축의 시작점이 되는 것이다. 그에 앞선 1951년에 하이데거는 「건축하기 거주하기 사유하기」라는 논문에서 '건축Bauen'과 '거주Wohnen'라는 단어의 어원을 추적하며 그 두 가지 의미가 다르지 않고 서로에게 의지하고 있음을 밝혀낸다. 친절하게도 건축가 아담 샤르가 『건축과 철학 : 하이데거』(장정제·송규만 옮김, SPACETIME, 2010)라는 책에서 아주 일상적인 사례를 통해 이를 설명해주는데, 요약하자면 이런 것이다. 필요에 의해 여기저기로 테이블을 옮기는 것은 건축하기이고, 그 테이블과 관계 맺기를 통해 이루는 것은 거주하기이며, 그 바탕에 테이블을 중심으로 어떻게 사람들이 식사에 참여하기를 바라는가에 대한 것이 사유하기라는 것이다.

　다시 내 방을 돌아보았을 때, 내가 방을 돌보지 않았으며 방 또한 나를 돌보지 않았다는 것을 바로 알았다. 나를 쫓아

내려고 벼르는 것들은 충분히 많았고, 나를 붙잡는 것은 거의 없어 보였다. 갈 곳 없는 책들은 여기저기 쌓여 별안간 툭툭 무너졌으며, 침대는 쌓인 책들 때문에 한쪽이 내려앉은 지 오래되어 나는 잠 속에서도 뒤척이기가 조심스러웠다. 얼룩진 커튼이 얼마나 먼지를 껴안고 있는지 몰라서 점점 더 건드리기 어려워졌으며, 바퀴가 여섯 개나 달린 사무실용 의자는 책상에 넣고 뺄 때마다 전선에 걸리고 침대 다리에 걸리고 쓰레기통에 걸려서 여간 짜증스러운 게 아니었다. 필요할 때마다 찾지 못해서 새로 산 물건들과, 필요하지 않아도 사 모은 것들이 조금이라도 틈이 있다 싶은 곳마다 고개를 처박고 있었다. 엄마는 그것을 '게딱지들'이라고 불렀는데, 차라리 진짜 게딱지였다면 바다를 떠올릴 수라도 있었을까. 루이스 칸의 말대로 방이 건축의 시작이라면 나는 건축에 대한 애정을 증명할 최소한의 단서마저 잃어버린 것이며, 또 그의 말대로 방이 그저 주거를 위한 기계가 아니라 확장된 나를 의미한다면, 나는 확장된 게딱지일 뿐이었다. 무엇보다 자기 자신을 돌봐야 할 의무를 져버려서는 안 되는 것이다.

나의 방에서 건축하기를, 거주하기를 사유해본 적 있었던가?

잠을 자고 깨는 기쁨, 음악을 듣는 기쁨, 춤추는 기쁨, 거울을 보는 기쁨, 취향을 나열하는 기쁨, 아무것도 안 하는 기쁨, 누군가를 떠올리는 기쁨, 홀로 슬픔에 잠기는 기쁨……. 혼자만의 공간에서 생활을 일굴 때 탄생하는 수많은 기쁨을 복원하기 위해 내가 가장 먼저 한 일은 비우는 일이었다. 방의 숨통을 열어주고 감정들이 잘 고여 있을 수 있는 여유로운 구석을 만들기 위해서 내게 유일한 재산이라고 여겼던 책들을 처분했다. 빼곡히 꽂혀 있는 책들을 포함해 책상, 침대, 바닥, 의자에 쌓여 있는 책들을 하루에 세 권씩, 거의 1년에 걸쳐 정리했다. 아이러니하게도 친구들에게 선물하거나, 중고 서점에 팔거나 버린 책들은 기어코 내 것으로 남았다. 손에서 떠나보내는 과정에서 최소한의 것을 붙들었기 때문이다. 다시 볼 수 없다는 생각에서인지 한 문장이라도, 목차라도, 표지라도, 하다못해 두께라도 기억에 남았다. 반면 각종 스탬프, 문구류, 출력물과 같은 일명 게딱지들은 미련 없이 버렸다. 모든 물건에 추억이 묶여 있고 언젠가 제 몫을 해낼 수도 있겠지만 3.6×3.3m의 방이 끌어안고 있기에는 애초부터 힘든 일이었다.

약간의 짐이 빠져나가고 방이 큰 숨을 들이쉬자 빛이 머무는 자리들이 보였다. 방 안을 채우는 빛의 형식은 생각보다 많았다. 쏟아져 들어오는 빛, 벽을 타고 오르는 빛, 은은하게 공간을 채우는 빛……. 모양도 색도 다른 빛들이 낳은 우연한 그림자들. 특히 자주 출몰하는 찌그러진 격자 모양의 그림자는 빛이 붙여준 반창고 같았다. 그리고 공간을 채우는 또 다른 빛, 조명은 창문의 통제 아래 있는 햇빛과는 다르게 엄연히 우리 손의 통제를 받는다. 나는 방의 모든 곳을 공평하게 직접 밝히는 형광등보다는 느슨한 영역을 만들어주는 국부 조명을 좋아한다. 하나의 스위치가 갖는 두 가지의 방식이 아니라, 작은 방 안에서도 충분히 어느 곳은 밝고, 어느 곳은 조금 어두우며, 어느 곳은 더 붉고, 어느 곳은 더 노랄 수도 있으며, 나는 어둠에 숨은 채 어느 사물을 무대 위로 올릴 수도 있기 때문이다. 빛의 형식이 다양할수록, 빛의 스위치가 많을수록, 방은 점점 더 많은 표정을 지을 수 있게 된다. 그러므로 인해 무엇보다 어둠의 형식도 배우게 된다.

건축가는 치수를 통해 스케일과 비례를 조정하여 공간을 만든다. 그들이 그린 도면 위 숫자들에 의해 공간이 구현되는데, 종이에서의 1cm가 실제 공간에서는 작게는 1m, 크게는 10m가 될 수도 있기 때문에, 미세한 치수와 비례의 조정이 실제 공간감을 완전히 다르게 만든다. 이미 체적이 정해져 있는 방이지만, 가구들의 크기와 높낮이를 조금만 조절해도 한

결 몸을 편하게 움직일 수 있을 것 같았다. 나에게는 아주 무겁고 커다란 원목 수납장이 하나 있었는데, 마치 그것을 보관하기 위해 내 방이 존재하는 것처럼 보일 정도였다. 심지어 서랍 하나의 크기도 커서 그것이 열려 있으면, 옷장에서 옷을 꺼내지 못하거나 내가 침대에 눕지 못하는 상황이 되었다. 나는 그것을 중고 시장에 팔고, 평소에 좋아하던 가구 디자이너의 얇고 낮은 책장 하나를 들였다. 또 침대 프레임을 버리고 매트리스만 남겨 공간의 높이를 확보했다. 이제 전선에 걸리고 침대에 걸리고 쓰레기통에 걸리는 사무실용 의자를 좀 더 작은 의자로 바꾸는 일이 남았다.

점, 선, 면이 도형의 기본 요소임을 우리는 아주 어릴 적에 배웠다. 어떤 공간 안에 있다 보면, 그 공간을 장악하는 것들이 수많은 면으로 이루어져 있음을 쉽게 알아차릴 수 있다. 우리의 생활이 많이 작동하는 곳일수록 그 면들은 기능을 가지고 저마다의 자리에 있는데, 실은 배경처럼 보이는 그것들의 무게, 밀도, 온도, 질감이 우리의 온몸에 손을 뻗으며 어떤 감각을 끊임없이 전달한다. 수직적으로는 커튼, 책장, 옷장, 수납장들이 조금씩 들어가고 튀어나오면서, 수평적으로는 이불, 책상을 비롯한 가구들의 윗면들이 올라왔다 내려가면서 내 몸을 감쌌다가 풀어주는 것이다. 나는 실제로 겨울이 되면

대리석으로 된 책상에 손을 올리기 싫어 마감하는 데 어려움을 겪었다. (정말?) 아무튼 올해 겨울, 담요를 식탁보처럼 깔고 나서 더 자주 책상 앞에 앉게 되었다. (정말.)

베네치아에 있는 페기 구겐하임 미술관에 갔을 때 나는 그 어느 작품 앞에서보다 로비에 오래 머물렀다. 거기에는 사람보다 큰 알렉산더 콜더의 모빌이 한가운데 매달려 있었는데, 그 모습이 갖는 묘한 힘 때문이었다. 그 모빌은 알게 모르게 사람들의 밀도와 유속을 조절하는 문지기 역할을 하고 있으면서도 작품으로서 위엄을 지키고 있었다. 내게 그 기억은 장면이 아닌 영상으로 존재한다. 나는 「제3의 방」이라는 시에서 "모빌은 방의 호르몬으로서 타고난 균형 감각으로 평안과 불안 사이에 매달려 있"다고 적은 적이 있다. 그것은 정지해 있는 것 같아 보여도 움직이며, 곧 망가질 것같이 움직여도 어느 순간 균형을 잡는다. 나는 침대에 누웠을 때 가장 잘 보이는 위치에 아주 간단하게 생긴 모빌을 달아놓고, 내가 아기가 되었다고 생각하기도 하고, 나는 거의 죽어 있지만 나의 방은 건강히 살아 있다고 느끼기도 한다.

식물을 방에 들이기 시작한 것은 건축 큐레이터이자 원예가인 친구로부터 유칼립투스 폴리안을 선물받고부터였다. 식물은 늘 베란다에 무더기로 있는 것이고, 그 소관은 늘 부모

님이었기 때문에, 식물을 기를 줄 몰랐지만, 모빌과 닮은 폴리안을 잘 키워서 내 키 높이가 되면 좋겠다고 생각했다. 당연하게도 폴리안은 금세 죽었다. 그 후 내 첫 시집이 나왔을 때, 친구는 또 한 번 나에게 마오리 소포라를 선물했다. "첫 감정의 헛헛함을 조금이나마 채워주길 바란다"는 편지와 함께. 식물이 감정을 채워준다니. 나는 피식 웃고 말았지만, 손톱보다 작은 동그란 잎들이 열한 개씩 짝을 이뤄 나뭇가지에 달려 있는 마오리 소포라는 빈 페이지를 막막하게 바라보던 나의 시선을 자주 빼앗아주었고, 나의 손을 움직이게 하고, 조금은 웃게 했다. 그러나 그 아이 역시 금방 죽어버렸다. 그것은 꽤 슬픈 일이다. 그 이후에도 친구는 나에게 몇 개의 식물을 더 선물해주었고, 나는 잘 죽였다. 그러던 어느 날 나는 그에게서 사진 한 장을 요청받는다. '어디에 놓으실래요? 머무르는 곳^{layover}'이라는 이름의 프로젝트에 참여해달라며, 내가 가장 많이 머무르는 공간을 찍어 보내달라고 했다. 그는 내가 보낸 사진을 보며 그 공간에서 식물이 어떤 자세로 있어야 할지, 그리고 식물이라는 존재가 주변과 어떻게 반응할지 상상했을 것이다. 그리고 스케일, 구조적인 선, 비례, 높낮이, 형태, 배치 등을 고려해 작업한 식물을 내게 주었다. 보송보송한 동그란 잎을 가진 실목련이었다. 봄이 되면 꽃이 핀다고 했다. 그것을 햇빛이 잘 드는 곳에 두었다가, 물을 주고, 다시 책상에 놓기를 반복하면서 나는 매일 변하는 식물의 얼굴을 보았고, 그때마다 그 식물의 정면이 어디인지 파악해야 했다. 이제 죽이지 않는 때가 되었다고 생각했지만, 나의 방에서 그 식물은 3개월 정도 살다 봄이 오기 전에 죽었다. 이제 나뭇가지만 남았다. 그러나 그 자리에 그대로 있고 이제 내 방에서 없으면 안 될 것이 되었다. 생명이 느리게 그린 선이 계속해서 나에게 죽은 시간의 아름다운 감각을 알려주었기 때문이다.

나는 겨우 내 방과 화해하고, 그 안에서 건축하기 거주하기 사유하기를 실현하고 있는 중이었다. 내가 잘못된 곳에 와 있다고 느끼지 않고, 이제 막 여기가 나라는 사람의 거푸집임을 인정하는 중이었다. 그러나 별안간 나는 최근 방에서 자꾸 나오게 된다. 내가 아닌 우리를 생각하고, 내 방이 아닌 우리 집에 대해 생각하게 된 것이다. 순전히 내가 설화 씨, 라고 부르는 나의 개 때문이다. 설화 씨는 유기견이었으므로 집이 처음 생긴 셈이다. 유기견이라고 해서 다 그런 것은 아니지만, 설화는 유독 경계가 심하고 겁이 많은 편이어서 공간을 점유하는 방식에 있어서도 매우 조심스럽다. 나는 설화가 그나마 안전하다고 느끼는 거실 구석에 아치 모양의 방을 만들어주었다. 설화는 하루 종일 방에서 나오질 않는다. 방에 앉아 오로지 하루 두 번의 산책만을 기다린다. 어떤 때는 편안하게 있다가도 어떤 때는 언제든 도망갈 준비를 하고 있는 것처럼 보인다. 자기 방에 있으면서 자기 방이 바깥에 있다고 생각하는 걸까? 나는 설화가 (내가 그랬던 것처럼) 잘못된 장소에 와 있다고 느끼지 않고, 자신이 있어야 할 곳에 있다고 느끼도록 해주고 싶다. 지금 나는 내 방에, 설화 씨는 설화 씨 방에 있지만 함께 오랫동안 삶을 지속해야 하므로 서로의 생활이 섞인 최선의 공간은 무엇일지 상상한다. 다음 단계의 건축하기 거주하기 사유하기가 이미 시작된 것이다.

나의
안/건강한 삶 ——————— ○

○ 성다영

성다영

시 쓰는 안/건강한 동물인간입니다.

2019년 경향신문 신춘문예를 통해 시를 발표하기 시작했다.

나는 건강에 그다지 관심 없는 편이다. 나에게는 건강에 좋으니 먹으라는 권유가 통하지 않는데, 대부분 어린 시절에는 그러할 것이다. 그러나 나는 서른 살이 넘어서도 건강해지기 위해 무언가를 하지 않는다. 대신 나는 고통을 겪지 않기 위해 무언가를 한다.

건강을 위하여 무언가를 하는 것과 고통을 겪지 않기 위해 무언가를 하는 것은 아주 다르다. 건강은 그 자체로 목적이 되기에 나로서는 이유가 불충분하다고 여겨진다. 당연한 말이지만, 건강하면 좋을 것이다. 그러나 건강을 위해 무언가를 해야 한다면 나는 하지 않을 것이다. (그것이 침대에 누워 있는 일이라면 하겠지만.)

고통을 느끼지 않음은 그 자체로 목적이 될 수 있다. 나에게 고통은 몸의 아픔과 거의 동의어이다. 정신이나 마음 따위로 불리는 것들이 고통받더라도 인간의 신체는 아픔을 느낀다. 사람들은 자신에게 고통을 주는 것을 피하려고 한다. 그러나 꽤 자주 자신을 고통 속으로 몰아넣으면서 쾌락을 느끼는 사람을 목격할 수 있다. (대표적으로 아주 매운 음식을 즐겨 먹는 한국 사람들이 있다. 매운맛은 미각이 아니라 통각이다. 한국인은 억압적인 유교 이데올로기가 지배하는 사회에서 마조히즘적 쾌락을 매운맛으로 충족하는가?) 원하지 않는 고통은 괴로운 것이다. 그러나 원하지 않는 고통을 즐기는 사람도 많다. 왜냐하면 진정한 고통이란, 원치 않는 고통이기 때문이다. 나는 고통을 느끼는 것을 좋아하지 않는다. 때때로 먼지처럼 가벼운 고통도 나를 짓누른다.

*

나에게 고통이란 단지 귀찮은 것이다.

*

    고통은 내가 해야 할 일을 방해한다. 그리하여 나는 고통을 느끼지 않기 위해 운동을 하는데(드디어 운동 이야기다!) 예컨대 책을 읽거나 시를 쓸 때, '어깨가 아프군'이라는 생각이 들면 한순간에 주위가 분산되면서 집중력이 사라져버린다. 그러면 나는 다시 '이런…… 집중하자, 뭐 하고 있었지? 아 참, 책을 읽고 있었지. 그래, 다시 책을 읽는 거야'라고 생각하고 다시 책 읽기에 돌입한다. 그러나 당연하게도 어깨는 다시 아프게 되고, 나는 그 아픔을 느끼고, 그러면 내가 하고 있는 일에 방해를 받게 된다. 이러한 과정의 반복은 많은 에너지를 소모시킨다. 나는 책을 얼마 읽지 못하고 지치게 된다. 그리하여 나는 책을 읽고 시를 쓰기 위하여 운동을 한다.

*

    몸의 아픔은 고통이지만 정신적 괴로움은 쾌락에 가깝다. 나는 쉬운 시험보다 어려운 시험을 좋아한다. 흔히 머리 아픈 일이라고 여기는 것들이 게임처럼 느껴진다. 그러니 시를 좋아할 수밖에. 시 쓰기에는 정해진 형식도 규칙도 없다. (이 현

기증 나는 자유!) 시를 쓰면서도 시가 어떻게 끝날지 알 수 없는 경우도 자주 있다. 이미 썼던 방식으로 쓰려고 하면 재미를 느끼지 못하고 지루해져서 쓸 수 없다. 시 쓰기는 정신적으로 괴로울 수 있지만, 무엇보다 재미있으며, 몰입의 쾌락을 가져다준다. 시 쓰기는 내가 집중할 수 있는 거의 유일한 행위다. 심지어 나는 드라마나 영화를 볼 때도 딴생각을 하거나 딴짓을 한다. 그러나 나는 시를 쓸 때, 음악도 듣지 않고 오로지 커피만을 섭취하며 쓴다. 시를 쓸 때는 배고픔도 잊는다.

*

나는 친구들과 FC 파랑새를 결성하여 각종 운동을 하곤 했다. 원래는 축구를 하기 위해 2017년에 결성된 팀이었다. 우리는 팀원을 모으는 동안 클라이밍, 헬스, 마라톤, 볼링, 자전거 타기 등을 하였고 아직도 축구는 하지 못하였다. 이제는 친목 모임이 되었으나 그렇게 만난 친구들로 인하여 나의 삶은 더 활력을 얻었다.

나는 지루한 운동을 싫어하기에 필라테스나 요가 같은 운동에 관심이 없었으나 틀어진 자세와 몸의 통증 때문에 시작하게 되었다. 필라테스와 요가를 실제로 해보니 전혀 지루한 운동이 아니라는 것을 알게 되었다. 정확한 자세를 고정한 채로 유지하는 것 또는 천천히 움직이는 것은, 한순간도 집중하지 않으면 안 되는 일이기 때문이다. 바들바들 떨며 근육의 움직임에 집중하다 보면 어느새 시간은 저만큼 흘러 있고, 한 시간 반 정도 운동을 하고 나면 그날은 꿈도 꾸지 않고 잠이 든다.

코로나19로 인하여 이제 실내 운동은 보통 집에서 한다. 유튜브에는 다양한 요가 선생님이 있고 내가 동영상을 클릭하기를 기다리고 있는 것 같다. 주로 하루를 마친 후에 30~40분 요가를 하는 편이다. 요가를 하지 않고 침대에 누우면, 어딘가 몸이 틀어진 느낌 때문에 잠이 오지 않는다. 그러면 적게는 한 시간, 길면 두세 시간 정도 이리저리 뒤척이다가 겨우 잠든다. 그리하여 (어쩔 수 없이) 꼭 자기 전에 요가를 하고 그마저도 귀찮은 날에는 5분 정도 스트레칭을 한다.

이토록 건강에 관심이 없는 내가 아직 건강한 이유는, 아직 젊기 때문이겠고 두 번째로는 동거견 오디 덕분일 것이다. (지금도 오디는 내 의자 아래에 엎드려 산책 가길 기다리고 있다.)

오디를 만난 것은 2018년 여름이다. 오디는 유기견 보호소에 있었는데 유기견 구조 활동을 하는 자매의 눈에 띄어 구조되었다. 유기견을 입양하려고 이곳저곳을 기웃거리고 있던 나는 우연히 오디의 사진을 보게 되었고, 첫눈에 반해 이 강아지를 곧장 데려와야겠다고 마음을 먹게 되었다. 당시 나는 유기강아지를 입양하기 위해 세 달 전부터 필요한 공부—필수예방접종, 강아지가 먹으면 안 되는 음식, 해로운 식물, 카밍 시그널, 산책 훈련, 배변 훈련, 켄넬 사용법 등—를 하고 필수적인 물품을 구비해둔 상태였다.

그렇게 만난 오디와 나는 2018년 여름부터 현재까지, 하루에 두 번 산책을 한다. (자연재해 시에는 제외다.) 강아지는 조금 쌀쌀한 날씨를 좋아하고 그런 날씨엔 오래 산책해도 잘 지치지 않는다. 특히 오디는 가을에 공원에서 세 시간 이상 산책을 해도 집에 돌아가기 싫어한다. 공원에는 4년째 오디와 함께 노는 강아지 친구들이 있고, 흙과 바람이 있고, 동물들의 흔적이 있다. 오디의 친구들과 다리가 아플 정도로(물론 이건 내 다리다) 놀고 집에 돌아가려고 하면 오디는 바닥에 엎드리거나, 아예 몸에 힘을 빼거나, 아주 슬프게 짖는다. 집에 돌아가려면 간식으로 유인하거나 그것도 안 되면 공원을 벗어날 때까지 오디를 들고 잠깐 걸어야 한다. 그렇게 힘들게 산책한 날에는 스트레칭이나 요가를 하지 않아도(그럴 힘도 없다) 잠을 잘 잔다.

매일 이렇게 강도 높은 산책을 하는 것은 아니지만, 평범한 날에도 아침에 한 번 저녁에 한 번 30분 이상씩 산책을 한다. 오디가 없었을 때 나는 사나흘 집 밖에 전혀 나가지 않는 날이 많은 사람이었다.

*

장켈레비치는 파스칼 뒤퐁과의 대담에서 이렇게 말한 적 있다.

아직 살아 있는 사람은 항상 좀 더 살 수 있을 거라는 희망을 가지고 있습니다. 그것은 삶의 고유한 특성이지요. 희망은 존재라는 사실에 단단히 고정되어 있지요. (……) 존재 안에는 자연히 존재의 연속이 있기 때문입니다. 존재의 중단은 밖에서 오는 것입니다. 고대인들이 생각했듯이 운명의 여신들이 실을 끊어버리는 것이지요. 존재는 그 자체의 부정을 함축하지 않지요. 부정은 다른 곳에서 오는 것이므로 당신이 병에 걸린다면 불운을 만나는 것이지요.

블라디미르 장켈레비치, 『죽음에 대하여』, 변진경 옮김, 돌베개, 2016, 118~119쪽

사람들은 불행의 원인을 바깥에서 찾으려고 한다. 심지어 큰 질병이나 장애를 가진 아이가 태어나면, 부모나 그의 조부모 또는 그의 조상이 악행을 저질러서 벌을 받은 것이라고 오래전부터 생각해왔다. 원인이 없는 불행은 더 괴로운 것이다.

건강한 삶이란 운명의 여신이 실을 끊어버리지 않을 때 오는 축복 같은 것은 아닐 것이다. 모든 인간은 이미 끊어진 줄을 갖고 태어나기 때문이다. 인간은 절망을 자신의 존재와 상반된 것으로 여기지만 절망은 인간의 존재에 이미 포함되어 있다. 우리는 절망과 함께 태어나 삶을 살고 죽음 이후에야 절망으로부터 자유로워진다.

나는 고통을 밀어내지 않고 긍정할 순 없을까 생각하다가 「나의 것인 고통」이라는 시를 쓰게 되었다. 혹자는 시에서 고통의 긍정이 어디에서 어떻게 드러나는지 찾을 수 없다고 생각할지도 모르겠다.

고통의 긍정은 죽음이다. 고통을 긍정하면서 동시에 스스로 목숨을 끊으려는 욕망을 거부하는 것은 거의 불가능한 일에 가깝다. 나의 시에는 죽음의 그림자가 드리워져 있다. 시 쓰기는 일상의 반복을 정지하는 행위로 우리를 죽음으로 몰고 간다. 나는 반복의 삶에서 죽음으로 탈주한다. 그리하여 시를 읽는 독자가 드문 것은 요즘 시대만의 특별한 일이 아니다. 건강한 사람들이 견디는/견딜 만한 절망(그들은 그러한 위기를 극복했다고 말한다)은 진정한 절망이 아니다. 절망은 진실할 수 없다. 장켈레비치는 그러한 절망은 허구적인 감정에 불과하다고 말한다.

*

보통 나의 하루는 이렇다. 오전 11시쯤 오디가 밥을 달라고 깨우면, (핸드폰으로 이것저것을 확인한 후) 일어나서 오디에게 밥을 주고, 나도 밥을 먹는다. 이를 닦고 세수를 하고 바로 산책 준비를 한다. 오디와 동네 산책을 신나게 한다. 집에 돌아오는 길에는 좋아하는 동네 카페에 들러서 텀블러에 커피를 포장해 온다. 주로 진한 두유라테나, 아메리카노, 에스프레소를 마신다. 산책을 다녀와서 오디 발을 닦인 후, 샤워를 한다. 그리고 커피를 마시면서 할 일—책이나 논문 읽기, 시 쓰기, 공부—을 한다. 나는 공부하거나 시를 쓸 때 음악을 듣지 않는 편이다. 그렇지만 카페에 온 기분을 내기 위해(지금은 코로나 2.5단계로 포장만 가능하고 카페 안에서 음료를 마시는 것은 금지된 상태다) 또는 내가 유발하는 소음—숨소리, 책 넘기는 소리, 연필로 끄적이는 소리, 타자 소리, 옷이 스치는 소리

등—으로부터 벗어나기 위해, 유튜브에서 카페 소음 ASMR을 재생해놓고 무언가를 한다. 그러면 어느새 해가 지고 다시 저녁이 되고, 저녁을 먹고 오디에게 저녁밥을 주고, 산책을 나간다. 저녁에는 공부를 이어서 하거나 누워서 책을 읽는다. 드물게는 영화나 드라마를 본다. 그리고 요가와 스트레칭을 하고 씻은 후, 누워서 폰으로 이것저것을 둘러보다 잔다.

오디를 만나기 전에는 하루가 큰 덩어리처럼 느껴졌다. 거의 대부분의 하루가 그렇듯 특별히 한 일이 없어도 시간은 흐르고, 나는 시간 속에 가만히 누워 있었다. 시간의 흐름을 느끼는 것 말고는 아무것도 하지 않은 채로. 어느덧 창밖이 어두워지면 어두워졌구나, 해가 뜨면 또 하루가 시작됐구나, 그런 생각만을 하였다. 그럴 때 나는 배고픔도 느끼지 않고, 지금 몇 시쯤 됐는지 전혀 신경 쓰지 않은 채로 시간을 보냈다.

나는 어떤 생산적인 일을 하지 않아도 그다지 죄책감을 느끼지 않는 편인데, (예전에는 그렇지 않았다) 살아 있는 일에는 많은 힘이 들기 때문이다. 때로는 삶을 유지하는 데에 필요한 일만 해도 하루는 지나간다. 살아 있다는 것은 무엇을 의미할까. 단지 목숨을 보존하는 것은 진리가 될 수 없다. 물론 누군가에게는 그럴지도 모르지만.

오디의 삶의 리듬과 나의 삶의 리듬이 만난다. 오디는 배가 고프거나 밖에 나가서 놀고 싶을 때 분명하게 표현한다. 덕분에 나도 밥을 먹어야 할 때를 알아차리고 환경과 날씨에 반응한다. 산책을 하며 걷는 행동 자체에 기쁨이 있다는 것도 알게 되었다. 혼자 산책을 하면 오히려 생각이 많아지는데, 오디와 산책하면 오디의 기분에 집중하게 되면서 생각이 사라지곤 한다. 가끔씩 오디를 보면 내가 너무 생각을 많이 하는 것처럼 느껴질 때가 많다.

*

왜 살아야 하는지, 무엇을 위하여 살아야 하는지, 삶에 관한 질문은 때로는 삶을 진지하게 살도록 돕는다. 그러나 너무 많은 생각은 삶을 압도한다.

*

반복되는 삶이 지루하게만 느껴졌던 날이 많았다. 반복은 삶을 단단하게 만든다는 것을 오디를 만나기 전에는 알지 못했다. 오디를 만나고 나는 사랑에 관하여 거의 처음으로 생각하게 되었다. 나에게 사랑은, 단지 많이 좋아함에 불과한 개

넘이었다.

언젠가 사랑에 관하여 친구들과 이야기한 적 있다. 둘은 사랑이 자신을 움직이게 한다고 했다. 나는 동의할 수 없었다. 나에게 사랑은 움직이지 않는 것에 가깝다. 사랑은 나를 움직이지 못하게 한다. 움직이지 않아도 괜찮아서 가끔씩은 행복하다. 그리하여 사랑의 다른 이름은 약속일 것이다.

배고프지 않게 밥을 주고, 많이 기다리지 않도록 정해진 시간이 되면 집에 들어가고, 좋아하는 것을 마음껏 하도록 해주고, 실수해도 혼내지 않고, 아프지 않게 미리 병원에 데려가고, 부드럽게 쓰다듬어주고, 따뜻하고 포근한 이불 속에서 자도록 자리를 마련해주고, 다시는 버려질 일이 없을 거라는, 네가 세상을 떠나는 순간까지 함께하겠다는 약속. 그 이후에도 너를 잊지 않을 거라는 약속.

*

매일 반복되는 삶이 누군가에게는 지겨운 것일지도 모르지만, 삶이 반복되지 않는다면 그것은 무너지기 쉽다. 무너져내릴 것 같아 잠들지 못할 것이다. 어쩌면 건강한 생활이란 반복에서부터 시작되는 것 아닐까.

성다영 ○ 성다영_나의 안/건강한 삶

그러나 건강하다는 것은 건강하지 않다는 것이다.

내가 아는 누군가가 언젠가 나에게 이렇게 말한 적 있다.

저는 왜 이럴까요. 전 건강하지 못한 것 같아요.

그 말을 듣고 나는 건강함이란 무엇을 의미하는 것일까 진지하게 생각해보게 되었다. 소위 (정상) 사회에서 건강한 사람의 이미지는 이렇다. 신체에 질병이나 장애가 없고, 정신 질환이 없으며, 깨끗하게 외모를 잘 가꾸고, 직장에 다니며 자립적으로 생활하고, 주중에는 일하고 주말에는 건전한 여가 생활을 하며, 연애를 하거나 결혼을 하고, 화목한 가족을 꾸리고, 부모에게 효도하며, 소액이지만 가끔 기부도 하는, 인생을 즐기며 잘 살아가는 사람.

나는 반복적이고 건강한 삶만이 사회를 건강하게 한다고 생각하지 않는다. 그들은 자신의 건강한 삶을 지키는 것에 관심이 있을 뿐이다. 삶에는 어쩔 수 없이 구멍이 생기기 마련인데 그것이 없다는 것은 기이한 일이다. 철저하게 감추었거나 메우려 하기에 보이지 않는 것일 테다. 그것을 없애려 하는 것이야말로 병적인 태도는 아닐까. 오히려 삶의 상처와 결여가 있는 삶이 더 건강한 것은 아닐까.

삶이 주는 고통으로 괴로워하는 사람, 그로 인해 병이 있는 사람, 느린 사람, 그보다 더 느린 사람, 그것이 아니라 그저 다른 사람.

　사회를 건강하게 만드는 것은 건강하지 못한 자들이다.

*

　나는 삶을 유지하는 데 어려움을 느낀다. 아무리 생각해 봐도 내가 반드시 살아야 할 이유는 없기 때문이다. 나는 지구의 각종 자원을 소비하고, 환경을 오염시키고, 부모의 돈을 소비하며, 받은 만큼 대단한 일을 해내지 않고, 큰돈을 벌 수도 없으며, 사회와 부모가 원하는 사람이 될 수 없는 존재다. 그러나 오디와 사랑하는 친구들을 만난 이후로 나는 다른 생각을 하게 되었다. 나는 오디를 구조했고 오디도 나를 구조했기에 나는 살아야 한다. 나로 인해 기쁨을 느끼는 친구들, 내 시를 읽는, 더 읽기를 원하는 사람들을 위해 나는 계속 살 것이다. 나는 계속 시를 쓸 것이다.

사랑의 색채,
단 하나의 색깔 ————————————— ○

────

○ 주민현

주민현

그림과 실패와 반짝이는 인간의 마음을 좋아한다.

2017년 한국경제신문 신춘문예를 통해 시를 발표하기 시작했다.
시집 『킬트, 그리고 퀼트』를 냈다.

나는 대체로 변함없이 반복되는 일상과 규칙적인 생활을 좋아한다. 누군가는 매일 반복되는 출퇴근이나 업무를 너무나 지루해하지만 나는 오늘 만난 사람을 내일도 본다는 사실에 편안함을 느낀다. 그리고 규칙적인 일상을 내가 좋아하는 것들로 채워 약간의 변칙을 주는 걸 좋아한다. 금요일의 퇴근길에 듣는 재즈 음악을, 도서관과 미술관에 쏘다니며 재미있는 책과 그림을 찾아다니는 주말을 사랑한다. 주말 아침이면 강아지와 산책하며 새로운 동네 산책길을 찾아내는 일도. 반대편에서 걸어오며 수상한 사람을 보았다는 듯 '멍멍' 짖는 강아지들의 이중창을 좋아한다. 나도 개와 엎드려 '멍멍' 화답하고 싶어진다.

요즘 산책을 하며 자주 듣는 음악은 엘가의 〈사랑의 인사〉이다. 결혼식장에서 자주 연주되는 이 곡을 눈여겨 다시 들은 건 얼마 전 유튜브의 어떤 알고리즘에 의해서였다. 연주자마다 다르게 해석해 연주하는 〈사랑의 인사〉는 각기 다른 느낌으로 다가왔다. 인상적인 건 처음 들을 땐 제목 때문인지 새로 시작하는 연인의 인사처럼 밝고 활기차게 느껴졌다면, 들으면 들을수록 그리고 음악의 후반부로 갈수록 노부부의 마지막 사랑의 인사처럼, 어쩌면 더는 만날 수 없는 사람을 향한 전할 수 없는 인사처럼 묘하게 처연하고 쓸쓸하게도 들린다는 점이다. 클래식이라는 장르의 특성 때문일까? 여러 번 반복해 들을수록 모든 〈사랑의 인사〉는 무궁무진하다고 결론 내렸다. 아마도.

무궁무진하고 수수께끼 같다는 점은 미술이나 음악, 글과 같은 예술이 우리에게 선사하는 작은 자유로움일 것이다. 바람에 머리가 엉망이 되어 걸으면서도 어디서나 조금은 인생의 빛나고 아름다운 부분을 찾고 싶어진다. 노을이 잠시 만들어내는 어둑한 색감에, 책에서 발견한 흥미로운 구절에, 은은한 조도 아래 빛나고 있는 그림에 깊이 빠져들고 쉽게 감동하고 싶어진다. 물론 나의 일상 대부분은 그리 많지 않은 월급을 아껴가며 뭔가를 입고 먹고 소비하며 살아가는 평범한 장면들로 이루어져 있다. 그럼에도 일상에서 작고 아름답고 반짝이는 것들을 찾아내며 살고 싶다. 그것들엔 돈이 들지 않으니까. 아니, 값을 매길 수 없으니까.

그중에서도 미술관에 가는 일은 나의 일상에서 빼놓을 수 없는 행복 중 하나이다. 좋아하는 그림을 보는 일은 좋아하는 친구를 만나는 일만큼이나 기쁨을 준다. 그림을 좋아하는 만큼 잘 그리는 능력도 있었다면 좋았을 테지만, 미술에 재능이 없다는 건 열 살 때 미술 학원에서 일찌감치 알아차렸다. 큰마음 먹고 산 마카펜 160색 세트는 몇 년간 먼지만 쌓이다 다른 곳으로 갔다. 여러 색깔을 덧대어 그려 하나의 그림을 완성해내는 일은 여전히 미지의 영역이다. 그래서인지 미술은 나에게 더욱 해석되지 않고 매력적인 그 무엇으로 남아 있다.

처음 간 미술관의 모습은 기억나지 않지만 미술관만의 특유의 분위기가 좋았다는 건 기억난다. 고요한 미술관에 들어서면서 세상과 단절되는 느낌. 문을 닫고 들어오면 차단되는 소음, 차가운 바닥에 울려 퍼지는 발소리, 그림과 나만 이 세상에 존재하는 느낌. 아마도 그 느낌이 좋아서 계속 미술관에 가는 듯하다. 마음이 텅 비고 바닥났을 때, 혼자 생각에 잠기고 싶을 때, 무언가 재미난 것을 보고 싶을 때, 활자가 아닌 다른 세계로 눈을 돌리고 싶을 때 미술관에 간다.

　3년쯤 전에 서울옥션스페이스에서 본 샤갈의 그림이 인상적으로 남아 있다. 몹시 추운 날 코끝이 빨개진 채 평창동의 구불구불한 길을 올라갔다. 유리창 안으로 작품을 구경하고 있는 사람이 이미 많았다. 들어가자마자 구사마 야요이의 설치미술 작품인 노란 호박이 눈길을 끌었다. 그날 가장 고가여서 주목받은 작품답게 강렬한 색채를 뿜고 있었다. 경매를 위한 전시이다 보니 세계적으로 유명한 작가의 작품이 많았다. 개인에게 팔리면 그 작품들을 다시는 어디서도 보지 못하게 된다는 조바심도 있었다. 그날 조용히 내 마음을 끈 건 샤갈의 그림이었다. 샤갈의 그림은 위작도 많다고 하는데, 그날 본 건 위작인지 진품이었는지는 모르겠다. 아마도 진품이었겠지만, 위작이어도 상관없을 만큼 그림에 빨려들어갔다.

　온통 푸른 색감의, 신랑 신부로 보이는 두 사람이 눈을 감고 하늘에 떠다니는 그림이 내 앞에 있었다. 그들을 축복하는 사람과 천사들이 그 옆에서 꽃을 들고 떠다니고 있다. 밑으로는 강과 집들이 보인다. 강과 집이란 흔히 한강을 지날 때 볼 수 있는 풍경이지만 눈을 감고 떠가는 신랑 신부의 모습은 그렇지 않다. 갑자기 익숙한 일상이 전혀 다른 공간으로 다가왔다. 주변의 소음과 사람들은 지워지고 나는 그 순간 푸른 그림에 둘러싸여 있었다. 마르크 샤갈, 〈Le Souvenir Bleu〉(1982).
"우리의 인생에서 삶과 예술에 진정한 의미를 주는 단 하나의
색깔은 바로 사랑의 색이다." 그림 밑에 적혀 있는 샤갈의 말
에 반쯤 의심을 가지면서도 조금 고개를 끄덕였다. 그 말을 믿
고 싶어졌기 때문에. 바깥은 더없이 춥고 바람이 차갑고, 그림
은 더없이 다정하고 따뜻했기 때문에. 눈을 감고 떠다니는 신
랑 신부가 되어 하늘 위로 붕 떠올랐기 때문에.

사랑이 뭘까? 그건 정말 모르겠다. 아이를 향한 사랑, 강아
지를 향한 사랑, 친밀한 우정에서 솟아나는 사랑이나 연인을
향한 강렬한 이끌림도 있을 테지만 그것만큼이나 나는 그림
이 나의 손을 잡고 이끄는 순간을 좋아한다. 어느 해 크리스마
스에 예술의 전당에서 보았던 마리 로랑생 전시도 기억에 남
는다. 당대에 유행했던 피카소나 마티스처럼 강렬하고 원색
적인 입체파, 야수파 계열의 그림에 비하면 로랑생의 그림은
보다 부드럽고 묘했다. 조금은 음울하지만 몽환적인 색감의,
술렁술렁 색감 덩어리가 움직이는 듯한 마술적인 느낌이 나
를 이끌었다. 그중에서도 춤이라는 뜻의 〈La Danse〉(1919)가
압도적으로 다가왔다. 그저 벽에 걸린, 아주 오래전에 그려진
그림이지만 마치 지금 눈앞에서 생동하며 움직이는 느낌이
들었다. 네 명의 여인이 서 있는데 무도회의 느낌을 주면서도

어딘지 모르게 쓸쓸하고 어둡다. 관능적이면서도 몽환적이다. 대상에 대한, 미술에 대한, 자신에 대한 로랑생의 은밀하고도 끊임없는 사랑이 느껴졌다.

그림은 단순히 그림일 텐데도, 어떻게 그 많은 느낌과 감정들이 물밀듯 건너와 전해지는지 신기하다. 로랑생의 전시를 보고 나온 날이면 로랑생의 화풍대로 세상을 보는 하나의 방법을 터득하게 된다. 또 샤갈의 그림대로 푸른 세상을 천천히 날아오르는 순간을 간직하게 된다. 우리의 삶이 원래 반짝이는 것들로 이루어진 게 아니라, 어떤 것이라도 은밀히 아끼고 사랑하는 작은 마음이 우리의 삶을 반짝이게 만드는 게 아닐까. 나는 누군가의 집요한 열망과 사랑을, 삶에 대한 관찰을 지켜보기 좋아하는 것인지도 모르겠다. 또한 우리의 일상을 누군가는 다르게 그리고, 나 또한 얼마든지 다르게 그릴 수 있다는 지점이 새로운 감각을 준다.

그런가 하면 아주 엉뚱하고 독특하고 재미있었던 전시도 있다. 국립현대미술관 서울관의 '모두를 위한 미술관, 개를 위한 미술관'이라는 전시였다. 반려견을 데리고 입장할 수 있는 전시였다. 들어가자마자 유승종 작가의 〈모두를 위한 숲〉(2020)이라는 커다란 설치 작품이 눈에 들어왔다. 여러 가지 혼합 재료로 꾸며진 인공 숲 사이로 두세 마리의 개들이 오줌을 싸고 서로를 향해 멍멍 짖고 있었다. 그중 한 마리는 나에게 돌진해 코를 킁킁대기도 했다. 늘 고요하고 진중하기만 했던 미술관에서 오줌을 싸는 개들이라니, 정신없으면서도 웃기고 재미있었다. 안쪽에서는 캄캄한 어둠 속 띄엄띄엄 놓인 방석에 개와 사람들이 함께 앉아 상영 중인 영상 작품을 관람하고 있었다. 가끔 '멍!' 하는 소리와 주의를 주는 주인의 목소리도 작게 울려 퍼졌다. 그러면서 문득 생각했다. 개들이 천방지축이라는 건 지극히 인간 중심적인 사고방식 같다. 다른 개의 냄새를 맡고 싶어 하고 짖고 싶어 하고 흙을 보면 눕고 싶어 하고 땅을 파고 싶어 하고, 이빨로 뭔가를 씹으려 하는 건 그들에겐 자연스러운 본능이자 생활의 방식일 텐데, 오히려 우리 인간이 지극히 인간 중심적인 사고에 갇혀 딱딱하게 살아가고 있는 건 아닐까. 미술관의 방식과 모습을 새롭게 바꾸는 개들의 존재가 신선하게 다가왔다. 그리고 개의 방식대로 바라본 세상은 어떤 모습일지, 앞으로는 또 얼마나 새롭고 다채로운 형태의 전시가 진행될지 궁금해졌다.

미래를 궁금해하고 현재를 슬쩍 넘어서 견디는 힘. 그건 아마도 우리의 유한한 삶이 마치 영원한 것처럼 속이며 살아갈 수 있는 비법이 아닐까 싶다. 어느 날 기쁨도, 친밀함도, 젊음도, 성장도, 발전도 영원한 것이 아니란 사실을 문득 마주했

을 때의 쓸쓸함은 영원히 풀리지 않는 숙제다. 주어진 삶을 열심히 살면서 아등바등 쌓아올린 것들을 언젠가 내려두고 조용히 떠나야 하리란 사실. 그런 허무함은 돌이켜보면 인생의 군데군데에 덫처럼 놓여 있었다. 체육 시간이 끝난 뒤에 해가 저물어가는 보랏빛 운동장을 바라보면 탈진할 정도로 몸을 쓴 뒤의 쓸쓸함과 묘한 만족감이 들었다. 한 학년을 마치고 종업식이 끝난 텅 빈 교실이라든가 방학이 되어 한적한 학교 도서관, 계약직으로 일했던 곳에서 마지막 근무를 마치고 짐을 챙겨 나오던 날의 이상한 감각 같은 것도 남아 있다.

영원히 지속될 것처럼 반복되는 일상에 지리멸렬함을 느끼면서도, 언젠가 이 삶이 끝나리라는 것에 허무함과 쓸쓸함을 느끼고는 한다. 그럴 때의 허전하고 비어 있는 마음을 종종 그림이 채워주곤 한다. 평범한 사물도 직접 손으로 그리면 이상한 비밀을 품고 있는 것처럼 보인다. 누구나 다 아는 작가의 그림이나 비싸고 화려한 대작이 아니어도 일상의 평범한 순간을 포착한 그림이 뜻밖의 위로와 즐거움을 주기도 한다.

어느 날 부산 여행을 가서 우연히 보았던 이지은 작가의 그림도 떠오른다. 1박 2일간의 혼자만의 짧은 여행을 마치고 돌아가는 날 기차 시간이 한 시간 정도 남아 부산역 근처의 카페에 들어갔다. 붉은 벽돌로 지어진 굉장히 빈티지한 카

폐에 들어서자마자 커다란 나무 아래서 개와 사람이 어울려 쉬고 있는 그림이 눈길을 끌었다. 이지은 작가의 '지각의 순간들'이라는 개인전이 진행되고 있었다. 여러 그림 중 하나가 나를 이끌었다. 커다란 캔버스를 가득 채운 푸른 심해 속을 아주 작은 강아지 한 마리와 한 사람이 수영하고 있었다. 보는 순간 미소가 지어졌다. 내가 사랑하는 강아지와 아주 깊은 바닷속을 유유자적하게 유영한다면 어떤 기분일까? 실제로는 바닷속 깊이까지 아무런 장비 없이 들어가지도, 오랫동안 자유롭게 숨을 쉬지도 못하지만 그림을 보는 내내 자유롭게 물속을 누비는 자유를 만끽할 수 있었다. 여행을 마치고 올라와서도 물속을 자유로이 누비는 기쁨과 즐거움, 자유로운 유영을 체험하는 기분은 부산의 느낌으로 남았다.

사람들은 내게 왜 그렇게까지 미술관에 가는 걸 좋아하는지 묻고는 한다. 대체로 나는 '그냥 좋아!'라고 말한다. 누군가를 좋아하고 사랑하는 데에는 큰 이유가 없듯이. 삶을 살아가는 데에는 거창한 목적이 없듯이 그림을 보고 그 안에 푹 빠져 있는 시간이 좋다. 가끔 회사에서도 점심시간이면 밥을 다 먹고 근처의 작은 갤러리를 우체국 가듯이 은행 가듯이 붕어빵이나 호두과자를 사러 가듯이 가곤 한다. 하지만 미술관에 가는 건 우체국이나 은행에 가는 것과는 조금 다르다. 거기엔 목적이 없고 실용성이 없다. 그리고 어떤 그림을 만나게 될지, 어떤 인상을 갖게 될지는 직접 그림을 보기 전까지는 절대 알 수 없다. 마치 여행처럼. 그리고 우리의 인생처럼.

같은 전시를 여러 번 보는 경우엔 재미있는 일이 벌어지기도 한다. 회사 앞 작은 갤러리에 전시 마지막 날 가니 첫날에는 없었던 그림이 몇 점 추가되어 있었다. 또 작품의 위치와 모양이 조금씩 바뀌어 있기도 했다. 그러자 이상하게도 첫날 마음을 빼앗겼던 '크고 중심적인' 작품들보단 다른 게 눈에 들어왔다. 기차역 앞에 한 사람이 서 있는 소박한 그림이 조용히 내 마음을 끌었다. 하나의 그림이 내 마음의 풍경과 겹쳐지며 새로운 풍경이 만들어질 때의 기쁨이 있다.

작년 가을에는 단풍 구경이나 하러 덕수궁에 갔다가 박래현이라는 다소 낯선 작가의 전시를 보았다. 덕수궁 미술관 밖으로는 단풍 아래서 사진을 찍는 연인이나 아장아장 걷는 아이, 벤치에 앉은 부부들이 휴일을 즐기러 나온 모습이 보였다. 박래현의 그림 역시 그가 살았던 1940~1950년대 일상의 모습을 포착하고 있었다. 머리에는 짐을 가득 인 채 한 아이는 업고 다른 아이는 팔을 잡아끌며 걷는 여인의 모습이라든가, 노점 일을 하러 나온 여인들, 발가벗고 노는 아이들, 어깨동무를 한 어린 자매와 같은 주변의 인물들을 생동감 넘치게 그리고 있었다.

　다소 전통적인 초기 그림에서 후기로 갈수록 콜라주 기법을 차용한다든가 판화 기법을 활용하는 방식으로 조금씩 변모하는 작품 세계가 나타나고 있었다. 아이 셋을 두어 육아와 창작을 병행하는 데 고충을 겪었다는 설명에도 불구하고 그의 그림은 다채로웠다. 그러고 보면 크든 작든 예술적인 행위란 자신의 일상을, 자신의 삶을 열렬히 바라보고 사랑하는 방식이라는 생각이 든다. 그림을 보고 나오면서 나도 현실을 새롭게 각색하고 색칠하고 싶은 마음으로 충만해진다.

　삶에 지치거나 실망할 때에도 그림은 '네가 보고 느끼고 만지는 것, 네가 살아가는 세상, 그게 정말 진짜야? 그게 전부야?'라고 묻는 것만 같다. 그림 속 세상에 푹 빠졌다 나올 땐 그래, 내가 아는 세상이 전부가 아니야, 라고 말하고 싶어진다. 어제의 불쾌한 일이나 오늘의 하염없이 슬플 만한 일도 슬그머니 희미해진다. 누군가는 맛있는 음식에서 기쁨을 느끼고 또 누군가는 깊은 잠과 휴식으로 기운을 차리듯이 나는 좋아하는 그림을 보며 사랑의 풍경을 모은다.

　지구 반대편의 미술관에는 아직 보지 못한 새로운 그림들이, 또 지금으로선 알 수 없는 아직 그려지지 않은 수많은 그림들이 있을 것이다. 또 우리는 모두가 다른 사람은 볼 수 없는 시선으로 세상을 본다. 그림을 통해 배우는 건 현실을 '있는 그대로' 보는 것이 아니라 조금은 새로운 시각으로 바라볼 때 세상에 대해, 그리고 나에 대해 새로운 시선을 갖게 된다는 점이다. 너무 정확하게만 바라보기 때문에 때로는 부정확한 그림을 그리고 마는 것은 아닐지.

지금 내 앞에는 일상의 작은 사물들을 그린 조르조 모란디의 정물화가 프린팅된 작은 엽서가 있다. 별것 아닌 유리병, 접시, 화병 따위를 그린 그림에서 기묘한 긴장감과 진동이 느껴진다. 동시에 나를 둘러싼 전화기, 수첩, 자, 휴지 따위의 일상의 사물들을 한 번쯤 돌아보게 만든다. 그리고 그것들을 한 번쯤 특별한 사랑의 시선으로 바라보게 만든다.

그 사랑의 색깔이 나를 물들인다. 그림을 통해 세상을, 그리고 나 자신을 바라보고 해석하는 방법들을 배우게 된다. 현실과 공상이 뒤섞이는 곳에서 그림은, 글은, 음악은 탄생한다. 사랑은 종종 마음을 아프게 하고 예술이 우리의 삶을 구원해주지 않는다. 그럼에도 사람들은 저마다 자신이 보고 듣고 느낀 것들을 어떤 형태로든 표현하고 싶어 한다. 또 우리는 우리와 가까스로 연결되고자 하는 한 인간의 서툰 몸짓에 끝내 마음을 열게 되듯이, 그림이 건네는 작은 사랑에 작게 미소 짓게 된다.

새끼의
마음에서 ───────── ○

○ 윤유나

윤유나

너는 왜 몸 없는 마음으로 자꾸 몸을 만들어주니.

2020년 시집 『하얀 나비 철수』를 냈다.

손톱 깎는 소리가 들려서 고개를 젖혔다. 길가에 세워둔 덤프트럭 운전석에서 창문을 내리고 창밖으로 몸을 살짝 뺀 기사가 손톱을 깎고 있었다. 깎인 손톱이 길바닥으로 떨어지고 있었다. 눈에 보이지는 않았다. 쥐가 주워 먹지 않을까. 쥐가 삼킨 손톱이 쥐의 내장을 찌르고 끝내 내장에 박혀서 내장을 찢는 상상을 하면서 경복궁에 가던 날, 내내 배꼽에 난 상처가 아렸다.

배꼽을 다친 건 처음이었다. 배꼽은 타인이 쉽게 상처 낼 수 있는 부위가 아니다. 욕실에서 샤워를 하면서 그날따라 배꼽에 집착한 나머지 샤워 타월로 너무 깊게 후벼 파버렸다.

왜 그랬는지 기억나지 않는다. 보통은 배꼽 주위만 훑고 지나
가는데.

경복궁에는 사람이 많았다. 많은 사람들 가운데 휠체어에
앉아 있는 어린 여자가 눈에 들어왔다. 그의 엄마로 보이는 사
람이 휠체어를 끌며 함께 달구경을 하고 있었다. 어린 여자는
엄마와 달을 번갈아가며 보고 있었다. 옷에 스치는 배꼽이 누
가 할퀴는 것처럼 따끔거렸다. 배꼽에서 작은 드래곤이 괴성
을 지르는 것 같았다. 아니면 싹 트는 게 그런 느낌이었을까.
걷다 경복궁의 수문 앞에 제사상이 놓여 있는 환상을 잠깐 보
았다. 실제로 그랬는지도 모르겠다. 피가 빠져 허여멀건 돼지
머리와 팥시루떡이 차려져 있었다. 모친의 딸인 게 싫었습니
다. 처녀는 모친의 딸인 게 싫었습니다. 입 안 가득 맴도는 말
들. 달이 너무 밝았다. 사라지지 않고 끝내 캄캄한 밤을 어둠
에 묻어버리겠다는 듯이 달이 너무 밝았다. 시간이 갈수록 밤
이 짙어졌다.

내가 착했던 기억들. 어린 채로 친구를 보살피고 영원히
몰라도 되는 일을 생각하며 혼자 걷고 걸었던 날들. 그는 이
제 내가 아니고 누군가의 삶이 내 안 깊숙한 곳에 박혀 있는
기분이 든다. 마음이 한 사람을 만지고 달래고 기다리고. 그

럴 수 있을까. 마음은 아무 힘이 없는데. 마음은 증오에나 커다란 힘을 발휘하는데. 사람들은 증오를 사랑이라고 말하기도 하는데. 달로 이어지는 기억을 좇아 최대한의 최초에까지 도달하면 시로 형상화하는 것에 있어 늘 실패하는 유년의 풍경에 도착한다. 새벽, 할아버지와 자던 방에서 나와 마루를 걸어 엄마가 있는 방문을 연다. 엄마는 아빠 옆에서 동생을 안고 자고 있다가 나를 보자 어서 문을 닫으라며 가서 자라는 손짓을 한다. 방문을 닫고 마루에 앉아 마당을 한참 바라본다. 방문을 닫고 마루에 앉아 마당을 바라보는 건 세 살 난 그가 아닐지도 모른다. 달빛에 보이는 나무와 화단, 수돗가가 그날은 무서웠던 것 같은데 언젠가부터 서늘한 바람과 함께 내 안에서 맴돌기만 한다. 그날, 마당에 드리운 빛은 달의 것이 아닐지도 모른다. 지금 여기서 내가 비추는 빛일지도. 조명. 시간이 지나 그렇게. 조명은 나뭇잎과 그림자와 빛에 뒤섞인 장면을 첫 기억이라고 착각하게 한다.

엄마로부터 분리된 순간 혹은 타의적 독립이 첫 기억이자 상처라 할지라도 나의 엄마는 좋은 사람이다. 객관적으로 그렇다. 사과할 줄 알고 낳아놓은 자식들을 위할 줄 안다. 때로 현명하고 때로 순수하다. 매일 만나는 엄마를 엄마 밖에서는 잊고 싶었다. 하지만 혼자 길을 걸을 때에도 엄마는 불쑥 내 생각과 곁에 나타났다.

　경복궁에서 혼자 달구경을 하고 집으로 돌아오는 길에 미아역 근처에서 길을 걷다가 우연히 싸움 구경을 하게 되었다. 한 김밥집 앞이었는데 그 주위로 쥐가 돌아다니고 있는 모습을 가끔 목격했었다. 미아역부터 자취방까지 가는 길은 사계절 내내 축축하고 음산했다. 가로등이 소용없었다. 대낮에도 골목 전체가 그늘졌다. 그런 길의 김밥집 앞에서 중년의 여자가 앞치마를 하고 주먹을 꽉 쥐고 두 남녀를 노려보고 있었다. 두 남녀는 중년의 여자보다 조금 더 젊어 보였다. 그때 남자가 중년의 여자를 세게 밀었고 여자는 그대로 바닥으로 쓰러졌다. 큰 소리가 났다. 아주 큰 소리였다. 쿵! 거리에 있던 사람들과 상점 안에 있던 사람들까지 모두 돌아보는 큰 소리였다. 나는 순간 '엄마' 하고 소리 내었다. 엄마. 중년의 여자는 우리 엄마였다. 우리 엄마가 아니고 내가 입 밖으로 낸 소리도 아니었지만 나는 엄마, 하고 불렀다. 다가가려고 몸을 움직였을 때 중년의 여자가 힘겹게 자리에서 일어났다. 아니, 바로 벌떡 일어섰다. 두 남녀는 중년의 여자에게 뭐라고 한 후 다시 가게로 들어갔고 여자도 따라 들어갔다. 마치 아무 일도 없었던 것처럼. 가게에 들어간 세 사람은 주방으로, 각기 흩어져 다시 자기의 일을 했다. 모여들었던 사람들이 각자의 길로 돌아섰다. 나는 도무지 어디로 가야 할지 모르겠어서 한참 서 있었다.

소리 내어 불렀던 '엄마'는 내 환상이 만들어낸 엄마가 맞았다. 나의 엄마는 그곳에 없었다. 언제나 엄마를 염두에 두는 이렇게 지나치게 상투적인 일들이 왜 내 속에서 벌어지는 거지. 무슨 일이야. 왜 그래. 지금 내가 여기서 상투적이라고 말하는 일들이 왜 그때 그날 벌어진 것이지. 손톱, 달, 밤, 음기, 미아, 낡은 식당의 여자, 배꼽. 나는 내가 상투적이라고 여겼던 단어들의 누적된 의미들을 지금 여기서 여전히 산산조각 내고 있다. 중년의 여자는 바닥에 쓰러졌고 일어나서 다시 김밥집으로 들어가 서빙을 한다. 서빙을 하고 있다. 아무 표정 없이. 그날 나는 자취방으로 바로 가지 않고 미아역에서 수유역까지 계속 걸었다. 내가 착했던 기억. 혼자 걷고 걸으면서 도저히 세상을 받아들일 수가 없었다. 그날 있었던 일들을 붙든 내 마음을 포기하며 걷는 내내 밤이 계속 보였다. 여전히 그날의 밤이 보인다. 볼수록 짙어지는 밤을 보면서, 블랙을 몇 번 발음했다. 이상하지, 블랙이 눈에 보이는 게. 밤이 보이고 교통신호가 보인다. 눈을 깜빡였다. 내 몸이 몹시 하얗게 느껴졌다. 내 몸이 몹시 하얗다.

몸에 2차 성징이 일어나면서 엄마와 목욕탕에 가지 않았다. 암컷의 형태를 갖춰져가면서부터 엄마와는 목욕탕에 절대 가지 않았다. 엄마에게는 내 벗은 몸을 보여줘서는 안 됐다. 엄마에게만 그랬다. 언니, 친구들, 이모들과는 목욕탕에 곧잘 다녔다. 엄마에게는 씻고 있는 동안에 속옷을 가져와달라는 소리 한번 하지 않았다. 이런 나를 엄마가 알았으리라 생각한다. 목욕 바구니를 현관문 앞에 두고 목욕탕에 갈 준비를 하다가도 엄마가 같이 간다고 하면 다시 방으로 돌아왔다. 엄마에게 몸을 보여주지 않는 건 그러니까 내가 계속 아가라는 걸 알려주고 싶은 마음과 알 수 없는 복수심 때문이었다. 엄마, 나는 아직 베이비야. 베이비를 사랑하듯이 나를 사랑해줘야지. 그런데 엄마, 어떻게 감히 내가 엄마 소유물이라고 여기지. 고민을 해결하기 위한 변명 같은 이야기. 내 몸이 암컷이 되고부터 엄마와 목욕탕에 가지 않은 건 내가 '여자'가 되었다는 걸 엄마한테 알려주고 싶지 않아서. 여자의 몸이라니, 감당할 수 있는 문제가 아니었다. 내가 여자가 된다는 걸 엄마한테 들키게 되는 날에는 남자와 자야 할 것만 같았다. 남자와 자고 싶지 않아. 결혼해서 아기 낳고 살고 싶지 않아. 성욕을 타인과 풀고 싶지 않아.

2014년 '압도의 검정'이라 불리는 반타 블랙이 발견되었다. 예술가 아니쉬 카푸어가 독점한 반타 블랙은 빛의 99.965% 흡수하여 보고 있으면 빨려들어가는 느낌이 든다. 직접 마주하고 있는 게 아닌데도 말이다. 빨려들어갈 것 같은 블랙을 보고 있는 느낌은 글을 쓰기 직전에 드는 느낌과 닮았다. 시를 쓰기 직전의 상태. 빛을 거의 빼앗겨버릴 것만 같은 상태. 그런데 이상하지. 블랙이 눈에 보이는 게. 눈과 마주하고 있는 블랙, 그리고 눈빛. 0.009%의 빛이 눈에 남아 있고 그 빛을 켜고 기억의 영상들을 걸어 다닌다. 글을 쓰는 행위와 닮았다. 언젠가는 빛의 100%를 흡수하는 검정이 발견될 것이다. 빛의 100%를 흡수한다고 해도 이상하지, 블랙은 블랙인 자체로 아무 의미가 없는데. 눈에 보이고 무서워. 그리고 2019년 더 짙은 블랙이 발견됐다.

세상에서 가장 검은색으로 알려진 '반타 블랙'보다 더 완벽한 검은색을 구현해줄 나노 물질이 개발됐다. 과학 관련 뉴스를 전하는 기즈모도에 따르면, 매사추세츠공과대학MIT 연구진이 가시광선을 99.995% 흡수하는 물질을 만들어냈다고 전했다. 현존하는 가장 검은색으로 알려졌던 반타 블랙의 흡수율은 99.965%이다.

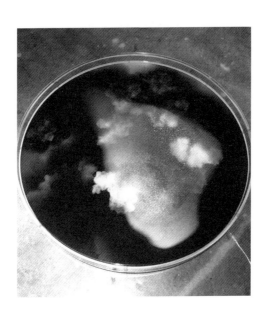

이번 물질 개발을 주도한 MIT의 브라이언 워들 교수는 예술가 디무트 슈트레베와 함께 23억 원짜리 천연 다이아몬드에 이 물질을 발라 전시했다. 광물 중 가장 높은 빛 반사율을 보이는 다이아몬드가 마치 존재하지 않는 것처럼 보일 정도로 가시광선 흡수율이 높은 걸 볼 수 있다.

「MIT 연구진, '반타 블랙'보다 더 완벽한 검은색 물질 개발」,
YTN, 2019.9.17.

빛과 살아 있는 사람들이 더 짙은 검정을 개발하고 발견하고 있다. 모든 빛을 흡수한 블랙이 빛과 등가라는 듯이.

사람과 관계를 맺고 싶지 않은 마음에 자주 사로잡힌다. 도망치고 싶고 피하고 싶다. 자신을 고립시키지 않기 위해 스스로 노력해야 돼. 벽에 부딪히는 날에는 감옥에 갇히고 싶다는 생각을 종종 한다. 벽을 뛰어넘지 않고 부수지 않고 돌아가지 않고 그대로 벽에 갇혀서 사는 모습. 공원 벤치에 앉아서 비둘기를 볼 때마다 내가 일부러 날지 않는 새 같다고 느꼈다. 날개를 바닥에 질질 끌면서 날지 않고 뒤뚱거리는 새. 부리를 축 늘어뜨리고 눈은 말똥말똥하게 떠서는 주변을 둘

러보며 끔뻑끔뻑, 뒤뚱뒤뚱. 흙먼지가 잔뜩 묻은 날개라니. 그
것은 쓰레기에 가까웠다. 어느 날엔가 텔레비전에서 음식물
쓰레기를 주워 먹으며 삶을 연명하는 할아버지를 보았다. 나
의 미래라는 생각이 들었다. 나도 언젠가 음식물 쓰레기를 주
워 먹고 살며, 음식물 쓰레기를 주워 먹고 사는 것의 의미를
전혀 모르게 되겠지. 그것은 한 개인이 삶의 의미를 삭제하는
문제가 아닌, 타인과의 관계에서 윤리적 판단을 상실한 생활
인지도 모르고 나는 걷잡을 수 없게 모든 것에서 의미를 지우
고 의미가 아닌 것으로 빠져들어갔다. 마음만 남겨둔 채, 내
가 착했던 기억.

　나를 뒤로하고 걸어가는 내 모습. 모르는 길을 정처 없이
걸어가는 모습. 대낮에 시를 생각하며 눈을 뜨고 밤에는 선잠
을 자면서, 자는 채로 시를 썼던 날들. 벽에 전지를 붙이고 생
각나는 대로 써 내려가는 열기. 그 무엇도 원하지 않고 자유
로웠던 내가 걸어가고 있다.

　그러나 나는 사람들과 함께 살고 싶었다. 잘해주고 싶고
잘 보이고 싶은 사람들이 있었다. 당연히 거의 매일 실패했고
벽이 보이면 감옥에 갇히고 싶었다. 도망치지 않기로 결정한
시절의 어떤 날에 엄마에게 전화를 걸었다. 엄마는 내 기억

속에 갇힌 엄마가 아니었다. 엄마는 하루하루 살아가고 나아가고 있는 사람이었다. 엄마를 쫓아갈 수가 없었다. 같이 걸을 수 있는 사람을 찾기 시작했고, 내가 찾는 사람은 없었다. 갖고 싶은 것이 마구 생겨났다. 어느 날 내 것이었던 마음이 타인에게 옮겨가고 드디어 내가 불편해졌다. 처음으로 내가 불편했다. 사람들은 나처럼 스스로 고립되길 원하지 않았고 어리지도 않았다. 사람들은 바깥을 향하여, 빛을 향하여 걸어가고 있었다. 바깥으로 나갈 수 있는 방법이 없었다. 사방이 어둡고 컴컴해 꿈을 꾸고 싶지 않아졌다. 잠에서 깨는 일이 다행인 날들이 이어졌다.

그러나 나는 늘 사람들과 함께 살고 있었다. 원망하고 증오하는 사람들과 거의 매일 함께 있었다. 아니야, 나는 좋아하고 보고 싶은 사람들과 늘 함께 살고 있다. 사람들에게 받은 마음으로 건강했고 아무 마음을 곁에 두지 않고도 혼자 생활할 수 있었다. 엄마와의 관계조차 거부하고 싶었던 내게 시는 더 완벽한 고립으로 사람과의 관계를 만들어주었다. 사람에게 받은 마음들은 내 기억 속에서 어떤 한 사람으로 만들어졌고 그 한 사람이 늘 내 곁에 머물러 있었다. 머물러 있다.

윤유나 ○ 새끼의 마음에서

시가 아니면 선생님과 저는 아무 사이가 아닌 게 되는 건가요. 2017년 11월이었고 그때 'y'에게 했던 질문을 돌이켜보면 언제나 눈보라가 내리치는 설원에 혼자 서 있는 소나무 한 그루가 떠오른다. 자주 통통한 나는 한 달여 만에 몸무게 앞자리가 바뀌었고 늘 입던 스키니진을 버클을 열지 않고 입을 수 있게 되었다. 바지가 줄줄 흘러내렸다. 'y'는 다급했던 것 같다. 바로 답이 왔다. 그렇지 않다고. 우리는 시간을 나눈 사이라고.

선생님이라고 부르지만 이원 선생님의 영문명 첫 이니셜 'y'는 나만 아는 내 다정한 친구다. 친구였다. 한때는 내 시의 유일한 친구였고, 지금은 그가 마음이 만든 환영일지도 모른다고 가끔 생각한다. 이원 선생님의 한 부분인 'y'는 Daum 메일과 카카오톡에 자리하고 있다. 대학교를 졸업하던 해에 'y'는 내가 보낸 메일의 답장에서 안정적인 방향을 선택하면 안 된다고 불안한 방향 쪽으로 걸어야 한다고 얘기해주었다. 선택하는 법은 'y'와 이원 선생님께 배웠다. 결국 하나만 선택할 수 있는 것. 선택은 반은 잃어버리는 것. 덧붙여 하루에 한 시간 이상은 산책을 하는 게 좋다는 이야기를 해주었다. 그리고 무의식이 강하니 바깥을 보며 지내라고. 시 쓰는 일에 도움이 될 거라고. 'y'의 이야기는 약속 같아서 약속을 지키는 많은 하루를 살아갔다.

대학 졸업 후 근 8년 만에 이원 선생님을 만나서 이원 선생님께 어쩔 수 없이 상처 입었을 때에도 'y'는 내 곁에서 다정한 말을 건네주었다. 이 산문을 쓰는 2021년 1월의 나는 이제 'y'가 사라졌고 아마 다시는 만날 수 없으리라는 걸 예감하고 있다. 나와 함께 걸어주느라 힘든 날이 많았을 텐데 하나도 미안하지 않다. 나를 오래 걱정해주었던 당신의 마음이 나와 함께 살아갈 것이다.

내가 휘두른 칼에 적어도 나만큼은 아프길 바랐는데 사람들은 나처럼 어리지 않았다. 그리고 나는 생각만큼 혼자였고 생각만큼 혼자가 아니었다. 사람들은 내가 칼을 휘두르면 휘두르는 대로 피하지 않고 맞았다. 나는 힘이 셌고, 그들은.

밑바닥으로 곤두박질친 마음은 살이 빠졌다는 희열로 끝났다. 마음이 조금 진정되고 몸이 다시 건강해진 뒤에 S가 말했다. 너 다시는 그러지 마. 나나 되니까 받아주지 다른 사람들은 못 받아줘, 마음 아파서.

S가 다른 나라로 이동하기 전에 이원 선생님과 셋이 같이 보았다. 2018년 3월 1일이었다. 상수에서 식사를 하고 선생님의 제안으로 멋진 카페에 가기 위해 합정까지 걷기로 했다.

걷다가 나는 한 번씩 폴짝 뛰었다.

하여간 자유로워.

쟤 하나도 안 자유로워요.

유나는 자유 빼면 시첸데.

요즘 시체예요.

시체가 아니라 좀비이지 않을까. 아무래도 좋았다. 친구와
선생님의 목소리를 듣는 게 마냥 행복했다. 오랜만에 무척 행
복해서 대화에 끼지 않고 듣기만 하며 상수에서 합정으로 걸
어가는 길의 상가 간판들을 제멋대로 소리 내어 읽었다.

나의 생활 건강

© 김복희 유계영 김유림 이소호 손유미
   강혜빈 박세미 성다영 주민현 윤유나, 2021

초판 1쇄 인쇄일 2021년 3월 23일
초판 1쇄 발행일 2021년 4월 6일

지은이   김복희 유계영 김유림 이소호 손유미
            강혜빈 박세미 성다영 주민현 윤유나
펴낸이   정은영
편집   안태운 김정은 정사라
마케팅   이재욱 최금순 오세미 김하은 김경록 천옥현
제작   홍동근

펴낸곳   (주)자음과모음
출판등록   2001년 11월 28일 제2001-000259호
주소   04047 서울시 마포구 양화로6길 49
전화   편집부 (02)324-2347 경영지원부 (02)325-6047
팩스   편집부 (02)324-2348 경영지원부 (02)2648-1311
이메일   munhak@jamobook.com

ISBN 978-89-544-4689-1 (03810)